「ハリー・ポッター」Vol.8が英語で楽しく読める本

クリストファー・ベルトン
渡辺順子・訳

コスモピア

はじめに

お帰りなさい！「ハリー・ポッター」の世界でまたお目にかかることができて、うれしく思います。*Harry Potter and the Cursed Child* の出版はまったく予期していなかったことですが、シリーズに新しい巻が加わったことは、本当に歓迎すべきことです。J.K. ローリングが単独で書いた本ではありませんが、この込み入った筋とジェットコースターのような興奮は、「ハリー・ポッター」ならではと言えるでしょう。

Harry Potter and the Cursed Child は、Jack Thorne、J.K. Rowling、John Tiffany が書いた原作に基づく 2 部構成の演劇です。これまでの 7 冊とは違ってリハーサルのために使われた脚本であり、演劇を小説化したものではありません。物語の始まりは、第 7 巻 *Harry Potter and the Deathly Hallows* の結末から 19 年後。魔法省で勤務しているハリー・ポッターとその次男アルバスの冒険が描かれます。

脚本なので、この本の 90 パーセント以上は会話ですが、何が起こっているのかよくわかるように、十分なト書きもついています。会話が中心であることから、この本はこれまでの 7 冊よりも会話的で、読みやすくなっています。とはいえ、シリーズをすでに読み、魔法界を熟知している読者を想定して書かれているため、読んだことのない人や細かい内容を忘れてしまった読者は、多少とまどうことがあるかもしれません。そこで本書では、その都度、関連する事柄や出来事を思い出せるように配慮しました。また、記憶をよみがえらせ、全体の理解を促すために、各巻のあらすじをここに書いておきます。

Harry Potter and the Philosopher's Stone

（1997 年 6 月 26 日刊）

1 歳のハリー・ポッターは、闇の帝王ヴォルデモート卿に両親を殺されたあと、伯父と伯母の家の玄関先に届けられました。ハリーはその家で奴隷のような扱いを受けていましたが、11歳の誕生日の直前に、ホグワーツ魔法魔術学校から招待状が届きます。養父母であるダーズリー夫妻は、ハリーが魔法界とつながりをもつことを何とか阻止しようとしますが、ホグワーツの領地の番人である半巨人ハグリッドの保護のもと、ハリーはついにホグワーツに入学することになります。このときからハリーは自分が魔法使いであることを自覚するようになり、その後の親友となるロン・ウィーズリー、ハーマイオニー・グレンジャーと知り合います。ホグワーツでハリーはグリフィンドール生になり、校長のダンブルドア先生、寮監のマクゴナガル先生の保護のもとに置かれます。ハリーにはたくさんの友人ができましたが、敵もできました。その中のひとりはスリザリン生のドラコ・マルフォイです。ハリーはまた、意地の悪いスリザリンの寮監スネイプ先生も、自分の敵だと思うようになりました。ある日ハリーは、うっかり口をすべらせたハグリッドから、永遠の命をもたらす賢者の石がホグワーツに保管されているという話を耳にします。そしてヴォルデモートがその石を盗み出そうとしていることを知ります。10年前にハリーを攻撃して以来、力を失っていたヴォルデモートは、以前の力を取り戻すために、この石をぜひとも手に入れたいと狙っていたのです。ハリーとその友人たちは賢者の石の隠し場所を見つけ出し、ヴォルデモートの計画を妨害しようと奮闘します。

Harry Potter and the Chamber of Secrets

（1998年7月2日刊）

2年生になってホグワーツに戻ったハリーとロン、ハーマイオニーは、生徒たちが全身を麻痺させられ意識を失うという不可解な事件に巻き込まれます。学校の壁に「部屋は開かれたり」という文字が書かれているのが発見され、彼らは秘密の部屋のことを知りました。前回、部屋が開いたときは、生徒がひとり死ぬことになったというのです。手がかりを追っていたハリーは、自分が蛇語を話せることに気づきます。ホグワーツの幽霊のひとりマートルが、女子トイレでトム・リドルの日記を見つけたことをハリーに話します。トム・リドルとは、ヴォルデモートが力を得るようになる前の名前です。ハリーたちは、リドルの日記が見つかったその同じトイレで、秘密の部屋に通じるトンネルの入り口を見つけました。3人はトンネルを下っていきましたが、落石のため、部屋に入っていけるのはハリーひとりになってしまいます。部屋の中でハリーは、トム・リドルの姿をしたヴォルデモートの監視のもと、ロンの妹ジニーが監禁され、意識を失って倒れているのを発見します。そのとき、部屋の中にすむ怪物バジリスクが襲いかかってきますが、ハリーはバジリスクを退治し、日記を破壊することに成功。その結果、トム・リドルは消え去り、ジニーは意識を取り戻すことができました。

Harry Potter and the Prisoner of Azkaban

(1999年7月8日刊)

シリウス・ブラックという囚人がアズカバン監獄を脱走し、ホグワーツの3年生になったハリー・ポッターを殺そうとしている——こんな噂があたりに広がっていました。そこでハリーを守るため、アズカバンの看守である吸魂鬼（ディメンター）たちがホグワーツに配置されることになりますが、ハリーは吸魂鬼についての嫌な経験があり、自分の身を守るために守護霊（パトローナス）の呪文を習得します。ハリーはその後、シリウスが両親の親友であっただけでなく、自分の後見人でもあることを知ります。そしてシリウスがついにホグワーツに到着してハリーの前に現れたときから、ふたりは大の親友になりました。そのころ、ハグリッドのペット、ヒッポグリフ（半鳥半馬の空を飛ぶ生き物）が、ドラコ・マルフォイを襲ったという濡れ衣を着せられ、死刑を宣告されていました。ハリー、ロン、ハーマイオニーはそれを阻止しようとしますが、失敗に終わります。一方、シリウスも捕らえられ、吸魂鬼のキス（魂を吸い取られる）を受けるという刑を宣告されてしまいます。そこでハリーとハーマイオニーは逆転時計（タイム・ターナー）を使って過去にさかのぼり、ヒッポグリフを救出。その後、ふたりはヒッポグリフの背に乗ってシリウスの救出に向かい、シリウスは捕らわれる前に逃げ去ることができました。

Harry Potter and the Goblet of Fire

（2000年7月8日刊）

ハリーはロンの家族と一緒に、クィディッチのワールドカップを観戦に出かけました。決勝戦終了後の深夜、かつてヴォルデモートの従者であった死喰い人（デス・イーター）たちが競技場近くの森で騒ぎを起こし、ヴォルデモートの復活を告げる闇の印が空に打ち上げられます。新学期が始まったホグワーツでは、三大魔法学校対抗試合の開催が発表され、ダームストラング校とボーバトン校の生徒たちがホグワーツにやって来ました。各校から代表選手がひとりずつ、炎のゴブレットによって選ばれることになりますが、ゴブレットはホグワーツの代表選手として、なぜかふたりの生徒——セドリック・ディゴリーとハリー・ポッターを選び出し、全部で4人の代表選手が競い合うことに。代表選手たちは3つの課題をこなさなければなりません。第1と第2の課題はあまり大きなトラブルもなく終りましたが、最後の第3の課題に取り組んでいるとき、ハリーとセドリックは魔法によって墓地に移動させられてしまいます。そこにいたヴォルデモートは、手下に命じてセドリックを即座に殺害。手下の行う儀式によって力を取り戻したヴォルデモートはハリーと対決しますが、ハリーは何とか逃れ、セドリックの遺体とともにホグワーツに戻ります。けれども、ヴォルデモートが復活したというハリーの話を信じてくれたのは、ダンブルドア先生と仲間たちのみ。ハリーは人々の笑い者にされてしまいました。

Harry Potter and the Order of the Phoenix

（2003年6月21日刊）

ハリー、ロン、ハーマイオニーは、ヴォルデモート卿やその一味と戦うための秘密組織、ダンブルドアの率いる不死鳥の騎士団のメンバーとなりました。魔法省はダンブルドアとハリーに異議を唱え、ヴォルデモートの復活を認めようとしません。魔法省はホグワーツを監視下に置くため、魔法省の役人ドローレス・アンブリッジを教師としてホグワーツに送り込みます。残虐非道なアンブリッジは魔法省にとって都合のよい規則を次々と定め、次第に力を増し、ダンブルドアは身を隠さなければならない状況に追い込まれます。このような状況の中、ハリーは後見人のシリウス・ブラックが捕らえられて魔法省で拷問を受けていると思い込まされ、シリウスを救出するために、友人たちと魔法省に乗り込みます。これは実は、ハリーを魔法省神秘部におびき寄せるためにヴォルデモートが仕組んだ罠でした。神秘部には、ハリーかヴォルデモートのどちらか一方しか生き残ることができないという予言が保管されていました。だからこそ、ヴォルデモートはハリーを何が何でも殺そうとしているのです。魔法省にはヴォルデモートの従者、死喰い人がすでに何人も入り込んでおり、ハリーたちを助けにきた不死鳥の騎士団とのあいだで、激しい戦いが繰り広げられました。その戦いの中でシリウスが殺されます。ハリーはさらに戦いを続けたかったのですが、ダンブルドアはハリーを安全なホグワーツに送り戻しました。

Harry Potter and the Half-Blood Prince

(2005年7月16日刊)

ホグワーツの6年生になったハリーは、新任教師から古い魔法薬の教科書を借り、そこに書かれていた書き込みのおかげで、魔法薬学の授業ではたちまちトップの成績に。その教科書には前の持ち主の署名があり、「半純血のプリンス」と書かれていました。ハリーが将来の戦いに備えてヴォルデモートの前半生を知る必要があると考えたダンブルドア先生は、定期的にハリーと会って、個人授業をすることにしました。その中でハリーは、ヴォルデモートが永遠の命に取り憑かれていること、自分の魂を6つに引き裂き、分霊箱(ホークラックス)の中に隠すという秘術を思いついたことを知ります。これらの分霊箱があれば、たとえ身体が死んだとしても、生き返ることができるのです。したがってヴォルデモートを殺すためには、すべての分霊箱を破壊しなければならない、とダンブルドアはハリーに告げました。この時点で分霊箱のうちのふたつは、すでに破壊されていましたが(トム・リドルの日記帳と、トム・リドルが持っていた指輪)、まだ4つ残っています。ハリーとダンブルドアが分霊箱を探す旅から戻ると、ホグワーツは死喰い人たちに占領されていました。ダンブルドアはドラコ・マルフォイに追い詰められますが、ドラコはダンブルドアを殺すことができません。そこへやって来たスネイプが、ドラコの代わりにダンブルドアを殺害。そしてハリーは、スネイプが「半純血のプリンス」であることを知ります。ダンブルドアの死に打ちのめされたハリーは、翌年はホグワーツに戻らず、ヴォルデモートの分霊箱を探す旅に出て、そのすべてを破壊するつもりだ、とロンとハーマイオニーに告げます。これを聞いたふたりは、ハリーを助けるために自分たちも一緒に行くと誓います。

Harry Potter and the Deathly Hallows

（2007年7月21日刊）

ダンブルドアが死んだ今、ヴォルデモートは力をいっそう強め、魔法省をますます支配下におさめるようになりました。ハリー、ロン、ハーマイオニーは、残った4つの分霊箱を探し出す旅に出ました。ハリーたちは分霊箱のひとつを見つけ出して破壊したあと、ダンブルドアが遺してくれたおとぎ話の本の中の物語に、手がかりが示されていると気づきます。ヴォルデモートは物語に登場する特別な魔法の杖を手に入れたがっているに違いない、と。それは持ち主に絶大な力を与える、ニワトコの杖でした。3人がホグワーツに戻ったとき、ヴォルデモートはニワトコの杖をすでに手に入れていました。この杖は、実は持ち主であったダンブルドアの墓に、亡骸とともに埋葬されていたのですが、ヴォルデモートは墓を暴き、それを奪ったのです。けれどもヴォルデモートは、この杖を思いどおりに使うことができませんでした。この杖は、前の持ち主を殺した人にのみ忠誠を尽くす杖だったのです。ダンブルドアを殺したのはスネイプですから、ヴォルデモートは杖を使いこなせるようになるためにスネイプを殺さなければならないと考え、スネイプを殺害。けれどもスネイプは、実はダンブルドアから頼まれて彼を殺したので、真の殺人者とは言えず、ニワトコの杖の真の持ち主でもありませんでした。スネイプの死後、ハリーは憂いの篩（ふるい）（ペンシーブ）を使ってスネイプの記憶を探り、ヴォルデモートの蛇ナギニがもうひとつの分霊箱であること（このときまでに、さらにふたつの分霊箱が破壊されていました）、ヴォルデモートが死ぬためには自分も死ななければならないことを知ります。死を受け入れたハリーは、自分の身を守ることなくヴォルデモートに近づきます。そしてヴォルデモートはハリーに死の呪いをかけます。夢の中のような世界で目覚めたハリーの前にダンブルドアが現われ、次のように説明してくれました。ヴォルデモートはハリーを殺すことができなかった、それは1歳のハリーが攻撃を受けたとき、知らないうちにハリー自身が分霊箱のひとつにされていたからなのだ、と。そしてハリーが望むなら、もとの世界に戻ることができる、と。ハリーはもとの世界に戻ることを選び、ヴォルデモートと死喰い人と戦うために集まった生徒やおとなたちを鼓舞します。激しい戦いの中で、ネビル・ロングボトムが残った最後の分霊箱であるナギニを殺したのち、ヴォルデモートがついに打ち負かされました。この巻の（そしてシリーズの）最後の章では、19年後のハリーたちのようすが描かれ、この場面が *Harry Potter and the Cursed Child* の冒頭でふたたび演じられます。

以上、各巻のあらすじでした。これが物語を思い出す一助となり、みなさんが *Harry Potter and the Cursed Child* を楽しむことができますようにと願っています。それでは Good luck ！

2016年9月吉日
クリストファー・ベルトン
Christopher Belton

Contents

• はじめに ··· 2
• 本書の構成と使い方 ··· 16
• 参考資料 ··· 18

第1部

第1幕─第1場　King's Cross ··· 20
キングズ・クロス駅

第1幕─第2場　Platform Nine and Three-Quarters ··· 24
9と3/4番線

第1幕─第3場　The Hogwarts Express ··· 28
ホグワーツ特急

第1幕─第4場　Transition Scene ··· 32
推移の場面

第1幕─第5場　Ministry of Magic, Harry's Office ··· 39
魔法省、ハリーのオフィス

第1幕─第6場　Harry and Ginny Potter's House ··· 43
ハリー＆ジニー・ポッターの家

第1幕─第7場　Harry and Ginny Potter's House, Albus's Room ··· 46
ハリー＆ジニーの家、アルバスの部屋

第1幕─第8場　Dream, Hut-On-The-Rock ··· 49
夢、岩の上の小屋

第1幕─第9場　Harry and Ginny Potter's House, Bedroom ··· 52
ハリー＆ジニー・ポッターの家、寝室

第1幕─第10場　The Hogwarts Express ··· 53
ホグワーツ特急

第1幕─第11場　The Hogwarts Express, Roof ··· 56
ホグワーツ特急の屋根

第1幕─第12場　Ministry of Magic, Grand Meeting Room ··· 58
魔法省、大会議室

第1幕─第13場　St Oswald's Home for Old Witches and Wizards ··· 61
聖オズワルド老人ホーム

第 1 幕－第 14 場　St Oswald's Home for Old Witches and Wizards, Amos's Room ……… 62
聖オズワルド老人ホーム、エイモスの部屋

第 1 幕－第 15 場　Harry and Ginny Potter's House, Kitchen ……… 63
ハリー & ジニー・ポッターの家、キッチン

第 1 幕－第 16 場　Whitehall, Cellar ……… 66
ホワイトホールの地下貯蔵室

第 1 幕－第 17 場　Ministry of Magic, Meeting Room ……… 68
魔法省の会議室

第 1 幕－第 18 場　Ministry of Magic, Corridor ……… 70
魔法省の廊下

第 1 幕－第 19 場　Ministry of Magic, Hermione's Office ……… 72
魔法省、ハーマイオニーのオフィス

第 1 部

第 2 幕－第 1 場　Dream, Privet Drive, Cupboard Under the Stairs ……… 78
夢、プリベット通り、階段下の物置

第 2 幕－第 2 場　Harry and Ginny Potter's House, Staircase ……… 81
ハリー & ジニー・ポッターの家の階段

第 2 幕－第 3 場　Hogwarts, Headmistress's Office ……… 82
ホグワーツの校長室

第 2 幕－第 4 場　Edge of the Forbidden Forest ……… 84
禁じられた森のはずれ

第 2 幕－第 5 場　The Forbidden Forest ……… 86
禁じられた森

第 2 幕－第 6 場　Edge of the Forbidden Forest ……… 88
禁じられた森のはずれ

第 2 幕－第 7 場　Triwizard Tournament, Edge of the Forbidden Forest, 1994 ……… 89
1994 年、三大魔法学校対抗試合、禁じられた森のはずれ

第 2 幕－第 8 場　Hogwarts, Hospital Wing ……… 94
ホグワーツの病棟

第 2 幕－第 9 場　Hogwarts, Staircases ……… 97
ホグワーツの階段

第 2 幕－第 10 場　Hogwarts, Headmistress's Office ……… 99
ホグワーツの校長室

第2幕—第11場　Hogwarts, Defence Against the Dark Arts Class …… 100
ホグワーツ、闇の魔術に対する防衛術の授業

第2幕—第12場　Hogwarts, Staircases …… 102
ホグワーツの階段

第2幕—第13場　Harry and Ginny Potter's House, Kitchen …… 103
ハリー＆ジニー・ポッターの家、キッチン

第2幕—第14場　Hogwarts, Staircases …… 106
ホグワーツの階段

第2幕—第15場　Harry and Ginny Potter's House, Kitchen …… 108
ハリー＆ジニー・ポッターの家、キッチン

第2幕—第16場　Hogwarts, Library …… 109
ホグワーツの図書室

第2幕—第17場　Hogwarts, Staircases …… 112
ホグワーツの階段

第2幕—第18場　Hogwarts, Headmistress's Office …… 113
ホグワーツの校長室

第2幕—第19場　Hogwarts, Girls' Bathroom …… 114
ホグワーツの女子トイレ

第2幕—第20場　Triwizard Tournament, Lake, 1995 …… 118
1995年、三大魔法学校対抗試合、湖

第2部

第3幕—第1場　Hogwarts, Headmistress's Office …… 122
ホグワーツの校長室

第3幕—第2場　Hogwarts, Grounds …… 124
ホグワーツのグラウンド

第3幕—第3場　Ministry of Magic, Office of the Head of Magical Law Enforcement …… 125
魔法省、魔法法執行部のオフィス

第3幕—第4場　Hogwarts, Library …… 126
ホグワーツの図書室

第3幕—第5場　Hogwarts, Potions Classroom …… 127
ホグワーツ、魔法薬学の教室

第3幕—第6場　Campaign Room …… 129
作戦会議室

第 3 幕－第 7 場　Campaign Room ………… 130
作戦会議室
第 3 幕－第 8 場　Edge of the Forbidden Forest, 1994 ………… 132
1994 年、禁じられた森のはずれ
第 3 幕－第 9 場　Edge of the Forbidden Forest ………… 133
禁じられた森のはずれ
第 3 幕－第 10 場　Hogwarts, Headmistress's Office ………… 136
ホグワーツの校長室
第 3 幕－第 11 場　Hogwarts, Slytherin Dormitory ………… 138
ホグワーツ、スリザリン寮の共同寝室
第 3 幕－第 12 場　Dream, Godric's Hollow, Graveyard ………… 139
夢、ゴドリックの谷の墓地
第 3 幕－第 13 場　Harry and Ginny Potter's House, Kitchen ………… 141
ハリー & ジニー・ポッターの家、キッチン
第 3 幕－第 14 場　Hogwarts, Slytherin Dormitory ………… 142
ホグワーツ、スリザリン寮の共同寝室
第 3 幕－第 15 場　Hogwarts, Slytherin Dormitory ………… 144
ホグワーツ、スリザリン寮の共同寝室
第 3 幕－第 16 場　Hogwarts, Owlery ………… 145
ホグワーツのふくろう小屋
第 3 幕－第 17 場　Ministry of Magic, Hermione's Office ………… 148
魔法省、ハーマイオニーのオフィス
第 3 幕－第 18 場　St Oswald's Home for Old Witches and Wizards, Amos's Room ………… 150
聖オズワルド老人ホーム、エイモスの部屋
第 3 幕－第 19 場　Hogwarts, Quidditch Pitch ………… 151
ホグワーツ、クィディッチ競技場
第 3 幕—第 20 場　Triwizard Tournament, Maze, 1995 ………… 154
1995 年、三大魔法学校対抗試合の迷路
第 3 幕－第 21 場　St Oswald's Home for Old Witches and Wizards, Delphi's Room ………… 156
聖オズワルド老人ホーム、デルフィの部屋

第2部

コラム What's more

〈巻末資料〉

本書の構成と使い方

本書は、大きく第1部と第2部に分かれ、第1部が第1幕と第2幕に、第2部が第3幕と第4幕に分かれています。さらにその下の階層に「場」(Scene)があります。各場は次の構成です。

詳しい説明が書かれているinfomationを表しています。

「場」(Scene)のタイトルです。

日本語の見出しです。

◇リード
ここで、その「場」の状況を大まかにおさえます。

◇新しい登場人物
その「場」で初めて登場する人はすべて紹介しています。
固有名詞のあとの［ ］の中のカタカナは英語での読み方の参考です。

さらに詳しい説明が書かれているページを指します。

追加のワンポイント解説です。

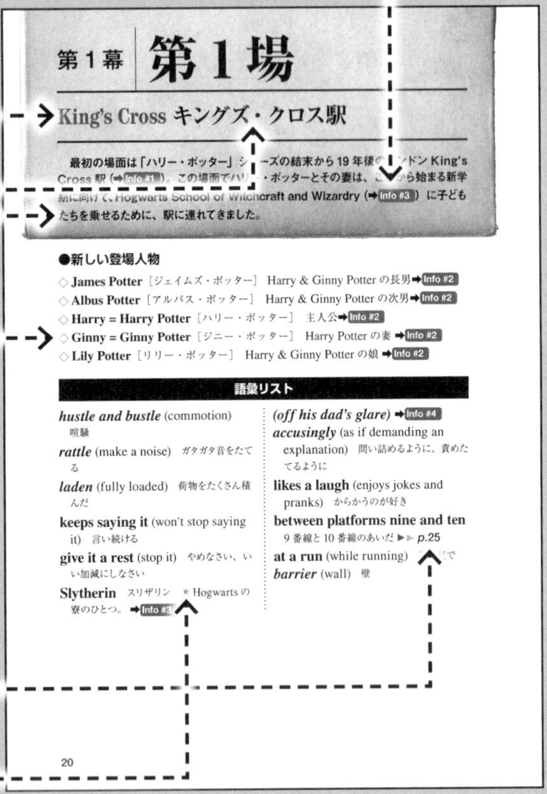

第1幕 第1場

King's Cross キングズ・クロス駅

最初の場面は「ハリー・ポッター」シリーズの結末から19年後のロンドン King's Cross 駅（➡Info #1）。この場面でハリー・ポッターとその妻は、これから始まる新学期に向けて、Hogwarts School of Witchcraft and Wizardry（➡Info #3）に子どもたちを乗せるために、駅に連れてきました。

●新しい登場人物
◇ **James Potter**［ジェイムズ・ポッター］ Harry & Ginny Potter の長男➡Info #2
◇ **Albus Potter**［アルバス・ポッター］ Harry & Ginny Potter の次男➡Info #2
◇ **Harry = Harry Potter**［ハリー・ポッター］ 主人公➡Info #2
◇ **Ginny = Ginny Potter**［ジニー・ポッター］ Harry Potter の妻➡Info #2
◇ **Lily Potter**［リリー・ポッター］ Harry & Ginny Potter の娘➡Info #2

語彙リスト

hustle and bustle (commotion) 喧騒
rattle (make a noise) ガタガタ音をたてる
laden (fully loaded) 荷物をたくさん積んだ
keeps saying it (won't stop saying it) 言い続ける
give it a rest (stop it) やめなさい、いい加減にしなさい
Slytherin スリザリン ＊Hogwarts の寮のひとつ。➡Info #3
(off his dad's glare) ➡Info #4
accusingly (as if demanding an explanation) 問い詰めるように、責めたてるように
likes a laugh (enjoys jokes and pranks) からかうのが好き
between platforms nine and ten 9番線と10番線のあいだ ▶▶ *p.25*
at a run (while running) [illegible]で
barrier (wall) 壁

20

◇語彙リスト

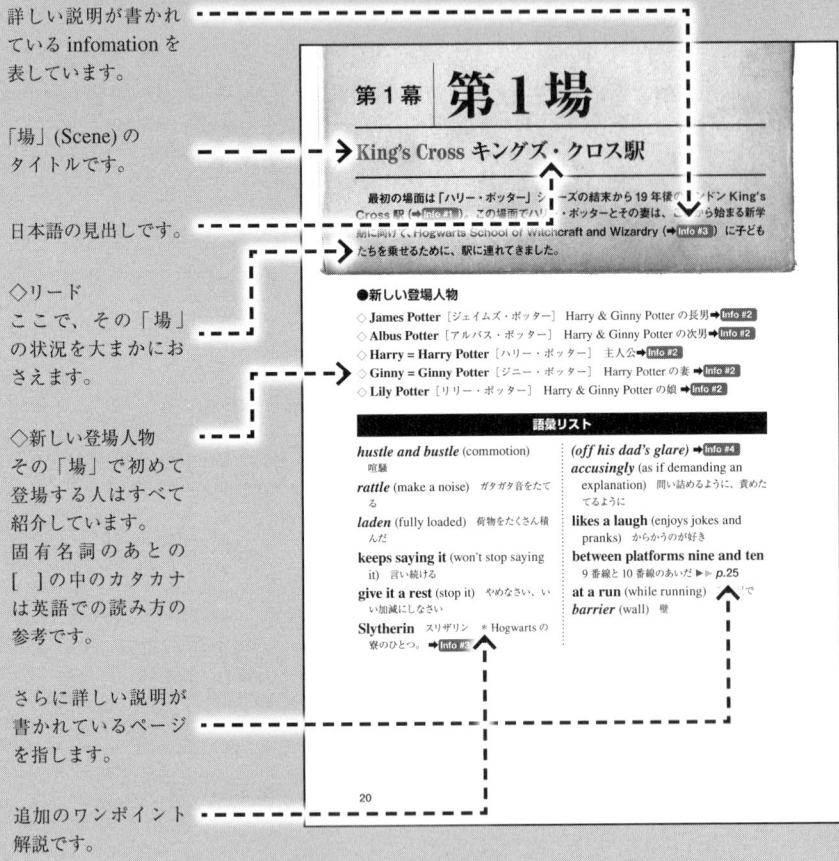

「ハリー・ポッター」シリーズは子どもから大人までさまざまな人に愛読される物語ですので、原書を読もうとする方もさまざまなはず。できるだけ多くの便宜をはかれるように考えました。

まず、各「場」で、読者がひっかかりそうな単語・熟語などをとりあげて解説します。*Harry Potter and the Cursed Child* を英語だけで読み通そうとする人のためには同義の英語を、完全に読み解いていきたい人のためには日本語訳を紹介しました。

第1幕 | 第1場 | King's Cross キングズ・クロス駅

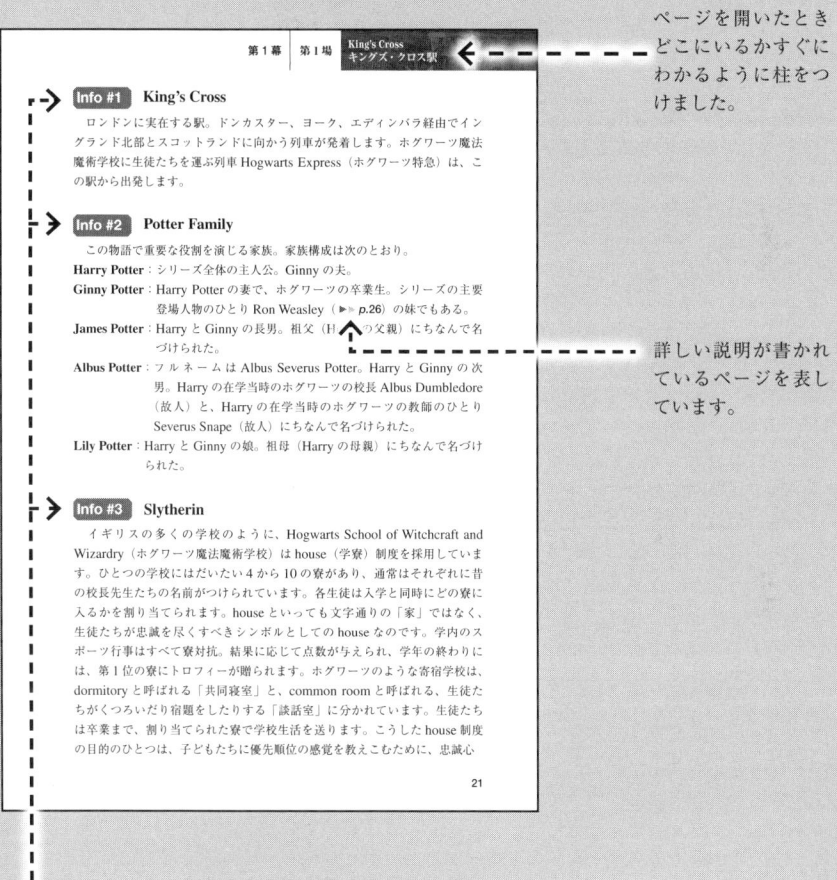

ページを開いたときどこにいるかすぐにわかるように柱をつけました。

Info #1　King's Cross

ロンドンに実在する駅。ドンカスター、ヨーク、エディンバラ経由でイングランド北部とスコットランドに向かう列車が発着します。ホグワーツ魔法魔術学校に生徒たちを運ぶ列車 Hogwarts Express（ホグワーツ特急）は、この駅から出発します。

Info #2　Potter Family

この物語で重要な役割を演じる家族。家族構成は次のとおり。

Harry Potter：シリーズ全体の主人公。Ginny の夫。

Ginny Potter：Harry Potter の妻で、ホグワーツの卒業生。シリーズの主要登場人物のひとり Ron Weasley（▶▶ *p.26*）の妹でもある。

James Potter：Harry と Ginny の長男。祖父（Harry の父親）にちなんで名づけられた。

詳しい説明が書かれているページを表しています。

Albus Potter：フルネームは Albus Severus Potter。Harry と Ginny の次男。Harry の在学当時のホグワーツの校長 Albus Dumbledore（故人）と、Harry の在学当時のホグワーツの教師のひとり Severus Snape（故人）にちなんで名づけられた。

Lily Potter：Harry と Ginny の娘。祖母（Harry の母親）にちなんで名づけられた。

Info #3　Slytherin

イギリスの多くの学校のように、Hogwarts School of Witchcraft and Wizardry（ホグワーツ魔法魔術学校）は house（学寮）制度を採用しています。ひとつの学校にはだいたい 4 から 10 の寮があり、通常はそれぞれに昔の校長先生たちの名前がつけられています。各生徒は入学と同時にどの寮に入るかを割り当てられます。house といっても文字通りの「家」ではなく、生徒たちが忠誠を尽くすべきシンボルとしての house なのです。学内のスポーツ行事はすべて寮対抗。結果に応じて点数が与えられ、学年の終わりには、第 1 位の寮にトロフィーが贈られます。ホグワーツのような寄宿学校は、dormitory と呼ばれる「共同寝室」と、common room と呼ばれる、生徒たちがくつろいだり宿題をしたりする「談話室」に分かれています。生徒たちは卒業まで、割り当てられた寮で学校生活を送ります。こうした house 制度の目的のひとつは、子どもたちに優先順位の感覚を教えこむために、忠誠心

21

◇ **Info**

Information として、必要に応じて、ことばや名称の詳しい説明や背景情報、イギリスおよびハリー・ポッターの魔法世界の社会文化について解説しています。「ハリー・ポッター」シリーズが、よりおもしろくなる情報です。

＊本書は、J.K.Rowling 氏、または、ワーナー・ブラザーズのライセンスを受けて出版されたものではなく、本書著作者および出版社は、J.K.Rowling 氏、または、ワーナー・ブラザーズとは何ら関係ありません。
＊「ハリー・ポッター」シリーズの文章・固有名詞などの著作権は、原著作者のJ.K.Rowling 氏に、日本語訳は訳者の松岡佑子氏と翻訳出版元の静山社にあります。

参考資料

Harry Potter and the Cursed Child - Parts One & Two
Special Rehearsal Edition (by J.K.Rowling, Jack Thorne, John Tiffany)
Little,Brown, UK. 2016 ISBN: 978-0-7515-6535-5

Harry Potter and the Philosopher's Stone (by J.K.Rowling)
Bloomsbury Publishing Plc, UK.1997 ISBN: 978-0-7475-3274-3

Harry Potter and the Chamber of Secrets (by J.K.Rowling)
Bloomsbury Publishing Plc, UK.1998 ISBN: 978-0-7475-3848-6

Harry Potter and the Prisoner of Azkaban (by J.K.Rowling)
Bloomsbury Publishing Plc, UK.1999 ISBN: 978-0-7475-4629-0

Harry Potter and the Goblet of Fire (by J.K.Rowling)
Bloomsbury Publishing Plc, UK.2000 ISBN: 978-0-7475-5099-9

Harry Potter and the Order of the Phoenix (by J.K.Rowling)
Bloomsbury Publishing Plc, UK.2003 ISBN: 978-0-7475-6107-1

Harry Potter and the Half-Blood Prince (by J.K.Rowling)
Bloomsbury Publishing Plc, UK.2005 ISBN: 978-0-7475-8468-1

Harry Potter and the Deathly Hallows (by J.K.Rowling)
Bloomsbury Publishing Plc, UK.2007 ISBN: 978-0-7475-9105-4

Harry Potter and the Deathly Hallows (by J.K.Rowling)
Scholastic Inc. USA.2007 ISBN: 978-0-545-01022-1

Fantastic Beasts & Where to Find Them (by Newt Scamander)
Bloomsbury in association with Obscurus Books, UK.1998 ISBN: 978-0-6133-2541-7

Collins Gem Latin Dictionary
HarperCollins Publishers, UK. 1996 ISBN: 978-0-00-470763-1

Collins Gem German Dictionary
HarperCollins Publishers, UK. 1978 ISBN: 978-0-00-711004-9

Oxford French Minidictionary
Oxford University Press, UK.2002 ISBN: 978-0-19-860467-1

『ハリー・ポッターと賢者の石』　松岡佑子・訳　静山社
『ハリー・ポッターと秘密の部屋』　松岡佑子・訳　静山社
『ハリー・ポッターとアズカバンの囚人』　松岡佑子・訳　静山社
『ハリー・ポッターと炎のゴブレット』上・下巻　松岡佑子・訳　静山社
『ハリー・ポッターと不死鳥の騎士団』上・下巻　松岡佑子・訳　静山社
『ハリー・ポッターと謎のプリンス』上・下巻　松岡佑子・訳　静山社
『ハリー・ポッターと死の秘宝』上・下巻　松岡佑子・訳　静山社

第1部

第1幕

第1場 —— 第19場

ng's Cross/Platform Nine and Three-Quarters/
he Hogwarts Express/Transition Scene/Ministr
f Magic, Harry's Office/Harry and Ginny Potte
House/Harry and Ginny Potter's House, Albus'
Room/Dream, Hut-On-The-Rock/Harry and G
se, Bedroom/The Hogwarts Expr
Roof /Ministry of Ma

第1幕

第1場

King's Cross キングズ・クロス駅

最初の場面は「ハリー・ポッター」シリーズの結末から19年後のロンドンKing's Cross駅（➡Info #1）。この場面でハリー・ポッターとその妻は、これから始まる新学期に向けて、Hogwarts School of Witchcraft and Wizardry（➡Info #3）に子どもたちを乗せるために、駅に連れてきました。

●新しい登場人物

◇ **James Potter**［ジェイムズ・ポッター］ Harry & Ginny Potterの長男➡Info #2

◇ **Albus Potter**［アルバス・ポッター］ Harry & Ginny Potterの次男➡Info #2

◇ **Harry = Harry Potter**［ハリー・ポッター］ 主人公➡Info #2

◇ **Ginny = Ginny Potter**［ジニー・ポッター］ Harry Potterの妻➡Info #2

◇ **Lily Potter**［リリー・ポッター］ Harry & Ginny Potterの娘➡Info #2

語彙リスト

hustle and bustle (commotion) 喧騒

rattle (make a noise) ガタガタ音をたてる

laden (fully loaded) 荷物をたくさん積んだ

keeps saying it (won't stop saying it) 言い続ける

give it a rest (stop it) やめなさい、いい加減にしなさい

Slytherin スリザリン ＊Hogwartsの寮のひとつ。➡Info #3

(off his dad's glare) ➡Info #4

accusingly (as if demanding an explanation) 問い詰めるように、責めたてるように

likes a laugh (enjoys jokes and pranks) からかうのが好き

between platforms nine and ten 9番線と10番線のあいだ ▶▶ *p.25*

at a run (while running) 駆け足で

barrier (wall) 壁

Info #1 King's Cross

ロンドンに実在する駅。ドンカスター、ヨーク、エディンバラ経由でイングランド北部とスコットランドに向かう列車が発着します。ホグワーツ魔法魔術学校に生徒たちを運ぶ列車 Hogwarts Express（ホグワーツ特急）は、この駅から出発します。

Info #2 Potter Family

この物語で重要な役割を演じる家族。家族構成は次のとおり。

Harry Potter：シリーズ全体の主人公。Ginny の夫。

Ginny Potter：Harry Potter の妻で、ホグワーツの卒業生。シリーズの主要登場人物のひとり Ron Weasley（▶▶ *p.26*）の妹でもある。

James Potter：Harry と Ginny の長男。祖父（Harry の父親）にちなんで名づけられた。

Albus Potter：フルネームは Albus Severus Potter。Harry と Ginny の次男。Harry の在学当時のホグワーツの校長 Albus Dumbledore（故人）と、Harry の在学当時のホグワーツの教師のひとり Severus Snape（故人）にちなんで名づけられた。

Lily Potter：Harry と Ginny の娘。祖母（Harry の母親）にちなんで名づけられた。

Info #3 Slytherin

イギリスの多くの学校のように、Hogwarts School of Witchcraft and Wizardry（ホグワーツ魔法魔術学校）は house（学寮）制度を採用しています。ひとつの学校にはだいたい 4 から 10 の寮があり、通常はそれぞれに昔の校長先生たちの名前がつけられています。各生徒は入学と同時にどの寮に入るかを割り当てられます。house といっても文字通りの「家」ではなく、生徒たちが忠誠を尽くすべきシンボルとしての house なのです。学内のスポーツ行事はすべて寮対抗。結果に応じて点数が与えられ、学年の終わりには、第 1 位の寮にトロフィーが贈られます。ホグワーツのような寄宿学校は、dormitory と呼ばれる「共同寝室」と、common room と呼ばれる、生徒たちがくつろいだり宿題をしたりする「談話室」に分かれています。生徒たちは卒業まで、割り当てられた寮で学校生活を送ります。こうした house 制度の目的のひとつは、子どもたちに優先順位の感覚を教えこむために、忠誠心の対象を２層（つまり学校と寮）に分けることにあります。学校全体への忠誠が第一、寮への忠誠は第二、となります。

ホグワーツには次の４つの寮があります。

Gryffindor

Griyffindor（グリフィンドール）という寮名は、ホグワーツの創立者の ひとり Godric Gryffindor にちなんで名づけられました。寮の紋章は獅子。Gryffindor はフランス語で「黄金のグリフィン」を意味します。鷲の頭と翼、獅子の体を持つグリフィンは、ヨーロッパの伝説の中で、勇気と高潔の象徴とされてきました。ハリー・ポッターはホグワーツ在学中、Gryffindor 生でした。

Hufflepuff

Hufflepuff（ハッフルパフ）という寮名は、ホグワーツの創立者のひとり Helga Hufflepuff にちなんで名づけられました。この名はおそらく竜が火を吐くときの音、huff and puff から取られたのではないかと思われます。寮の紋章はアナグマですが、その特徴は竜によって表されています。

Ravenclaw

Ravenclaw（レイブンクロー）という寮名は、ホグワーツの創立者のひとり Rowena Ravenclaw にちなんで名づけられました。raven（大ガラス）はイギリスの神話や伝説に、賢く、のみこみの早い鳥として登場します。そのため、イギリスの家紋によく見られます。寮の紋章は鷲ですが、その特徴は raven によって表されています。

Slytherin

Slytherin（スリザリン）という寮名は、ホグワーツの創立者のひとり Salazar Slytherin にちなんで名づけられました。蛇の動きを表わす動詞 slither（すべるように進む）に由来します。したがって、寮の紋章は蛇です。学内で最も悪名が高く、シリーズに登場する闇のキャラクターの多くは Slytherin 生でした。闇の帝王 Voldemort（►► *p.30*）もそのひとり。

Info #4 *(off his dad's glare)*

ト書きはみなイタリック体で書かれています。各場面の導入部、台詞と台詞のあいだに見られますが、台詞の途中に挿入される場合は、必ず括弧に入れられています。

ここの場合、*off* は in response to の意味。つまり、ジェームズは何かを言いかけていたのですが、父親ににらみつけられたので、それに反応して素早く話題を変えたのです。ジェームズが最後に言った fine は、'Okay, I understand.'（うん、わかったよ）の意味。

What's More 1

ホグワーツ魔法魔術学校は 10 世紀にふたりの魔法使い（ゴドリック・グリフィンドールとサラザール・スリザリン）とふたりの魔女（ヘルガ・ハッフルパフとロウェナ・レイブンクロー）によって創立されました。ホグワーツの４つの寮は、この４人にちなんで名づけられています。創立者はそれぞれ生徒たちの理想の姿を体現しています。サラザール・スリザリンは、両親とも魔女・魔法使いである純血の子どもたちだけがこの学校で学ぶべきだと考えていましたが、ほかの３人はその意見に反対でした。スリザリンは脅迫の言葉とともにホグワーツを去ります。それは、いずれ自分の継承者が、純血でない生徒をすべて学校から追放する呪いをかけるだろうというものでした。

ホグワーツはスコットランドのハイランドにあり、人間の目には見えないように、魔法によって守られています。人間の目には廃墟となった城にしか見えないのです。この学校は、魔法界でも指折りの教育施設と見なされています。

魔法の能力をもった子どもたちは、その誕生とともに学校の名簿に登録され、11 歳になって入学の時期が近づくと、学校から入学許可書が送られてきます。ホグワーツの標語は *Draco Dormiens Nunquam Titillandus*（眠れるドラゴンをくすぐるべからず）です。

ホグワーツは広大な領地をもつ大きな城で、構内には湖や木々の生い茂る森（「禁じられた森」と呼ばれています）、フルサイズのクィディッチ競技場があります。

子どもたちは、ホグワーツ特急に乗ってホグワーツに運ばれてきます。ホグワーツ特急はロンドンのキングズ・クロス駅の９と 3/4 番線から出発する蒸気機関車で、学校の最寄り駅ホグズミード駅に到着します。この列車は毎年、新年度が始まる日（必ず９月１日）の午前 11 時にキングズ・クロス駅を出発します。運行されるのは年に６回だけですが、時には必要に応じて変更されることもあります。

第1幕 第2場

Platform Nine and Three-Quarters
9と3/4番線

この場面では、ハリーとその家族が、同じようにホグワーツに出発する子どもたちを見送りに来ている友人たちと出会います。(➡Info #1)。

●新しい登場人物

◇ **Ron = Ron Granger-Weasley**［ロン・グレインジャー＝ウィーズリー］ Harry Potterの友人➡Info #2

◇ **Hermione = Hermione Granger-Weasley**［ハーマイオニー・グレインジャー＝ウィーズリー］ Ronの妻、Harry Potterの友人➡Info #3

◇ **Rose = Rose Granger-Weasley**［ロウズ・グレインジャー＝ウィーズリー］ RonとHermioneの娘➡Info #2

◇ **Neville = Neville Longbottom**［ネヴィル・ロングボトム］ Harryの在学当時のホグワーツの同級生、現在はホグワーツの教師

◇ **Fred = Fred Weasley**［フレッド・ウィーズリー］ Harryの在学当時のホグワーツの上級生。Ron Granger-Weasleyの兄 ➡Info #2

◇ **George = George Weasley**［ジョージ・ウィーズリー］ Harryの在学当時のホグワーツの上級生。Ron Granger-Weasleyの兄 ➡Info #2

語彙リスト

Which is = Platform Nine and Three-Quarters is

pouring (billowing) あふれ出る

sharp suits (neat and fashionable suits) スマートなスーツ

robes (dress-like garments) ローブ

work out (discover how to) （方法を）考え出す

progeny (children) 子どもたち

barrelling up (running toward at top speed) 疾走する

Weasley's Wizard Wheezes (trick shop) ウィーズリー・ウィザード・ウィーズ ➡Info #4

lame thing (silly trick) バカないたずら

glorious (wonderful) すばらしい

somewhere in between (between silly and wonderful) バカらしいのとすばらしいのとの中間

Hang on (Wait a moment) ちょっと待って

munch (chew) もぐもぐ食べる

giggles (laughs happily) くすくす笑う

porridge (a breakfast dish of oatmeal soaked in hot milk and sweetened with sugar, originally from Scotland)　オートミール
Tada (onomatopoeia for a fanfare)　ジャジャーン　＊ファンファーレの音真似。
lameness (silliness)　くだらなさ
staring (watching carefully)　じっと見つめる
legendary (famous)　伝説的な、有名な
Parked all right then? (Did you find a place to park your car?)　駐車できた？
Muggle (non-wizarding people, normal people)　マグル　＊魔法使いではないふつうの人間。
Confund (cast a magic spell for confusing people)　錯乱の術をかける ➡Info #5
examiner (person who decides whether a driver passes or fails the driving test)（この場合は運転免許試験の）試験官
nothing of the kind (nothing like that)　そういったことではない
complete faith (full confidence)　確信
Oi! (Hoy!)　おい！
pulls on (tugs)　引っ張る
named after (given the same name as)　〜にちなんで名づける
the bravest man I ever knew = Severus Snape
Sorting Hat (a magic hat that assigns new pupils to Hogwarts' houses)　組分け帽子➡Info #6
into account (into consideration)　考慮に入れる
resonates (echoes)　鳴り響く
be the making of you (teach you everything you need to know)　きみに必要なことをすべて教えてくれる
Thestrals (horse-like creatures of the wizarding world)　セストラル ➡Info #7
invisible (cannot be seen)　目に見えない
leap on (jump on)　飛び乗る
chase (run after)　追いかける
ROSE *exits* (Rose leaves the stage)　ローズ退場
blow (make a loud noise)（警笛など大きな音を）鳴らす
Al = Albus
Quidditch (sport in the wizarding world)　クィディッチ➡Info #8
O.W.Ls (school examinations)　普通魔法使いレベル試験➡Info #9
ambition (hopes for the future)　野心
Gin = Ginny
ran a book (organized a system where people could place bets)　人々に賭けをさせた
The four exit (Harry, Ginny, Ron and Hermione leave the stage)　4人は退場

Info #1　Platform nine and three-quarters

Platform nine and three-quarters（9と3/4番線）はキングズ・クロス駅にある特別なプラットフォームで、Hogwarts Express（ホグワーツ特急）が発

着します。9番線と10番線のあいだにあり、そこへ行くことができるのは魔女と魔法使いだけ。9番線と10番線のあいだの壁をめがけてまっすぐ足早に進んでいくと、通り抜けることができます。

Info #2 Weasley Family

Ron Weasley は、Harry、Hermione（➡Info #3）とともに、シリーズ全体で重要な役割を演じている3人組のひとり。現在はHermione Granger の夫になっています。子どもたちに両方の姓を残すため、結婚したときに姓をGranger-Weasley に変えました。これはイギリスでは割合とよく見られる習慣です。Ron は魔法界では有名な一族の出身で（どちらかといえば貧乏ではありますが）、家族はみなホグワーツの卒業生。赤毛が特徴のこの Weasley 家は、父親 Arthur、母親 Molly、Ron、兄 Charlie、Bill、Percy、双子の兄 Fred と George、妹 Ginny からなる大家族。Ginny は現在 Harry Potter の妻。Ron と Hermione には娘 Lily と息子 Hugo がいます。

Info #3 Hermione Granger-Weasley

Hermione はシリーズ全体の第3の主要登場人物。現在は Ron Weasley の妻。旧姓は Granger でしたが、Ron と結婚したときに Granger-Weasley という二重姓（double-barrelled name）に変更しました。Hermione は魔法使いの家族の生まれではありませんが（父親は歯医者）、ホグワーツではどの教科でも優秀な魔女であることを証明しました。

Info #4 Weasley's Wizard Wheezes

もともとはロンの双子の兄フレッドとジョージが始めた店。ここでしか手に入らない、いろいろないたずらの道具を扱い、ホグワーツの生徒たちのあいだでたいへんな人気です。現在はロンが店主。

Info #5 Confund

Confundus Charm（錯乱の術）をかけるという意味の動詞で、唱える呪文は *Confundo*。これは英語 confound（当惑させる）や confuse（混乱させる）の語源となったラテン語に由来します。

Info #6 Sorting Hat

Sorting（組分け）は、ホグワーツで毎年、学年度の初めに行われる儀式。新入生はひとりひとり全校生徒の前に出て小さな丸椅子にすわり、頭の上にSorting Hat（組分け帽子）と呼ばれる魔法の帽子をのせます。この帽子は、生徒たちがそれぞれ、ホグワーツの４つの寮のうちどの寮にふさわしいかを判断し、その結果をみんなの前で公表します。

Info #7 Thestrals

Thestralは馬に似た４本脚の生き物ですが、馬よりもずっとやせていて、背中には翼があるので空を飛ぶことができます。魔法界だけに存在し、過去に死を目撃したことのある魔女・魔法使いだけがこの姿を見ることができます。

Info #8 Quidditch

Quidditchは箒（broomstick ▶▶ *p.36*）に乗って空中で行う、魔法界で人気のスポーツ。各チームは７名。Quaffleと呼ばれるボールを相手ゴールの３つある輪のどれかに投げ入れるか、Golden Snitchと呼ばれる金色のボールを捕まえることによって、ふたつのチームが得点を競いあいます。Golden Snitchには翼があり、捕まえるのは至難の業なのです。Quidditchで用いられるもう一種類のボールはBludger。試合中はふたつのBludgerが飛びまわり、プレイヤーたちを箒からたたき落とそうとします。

Info #9 O.W.Ls

O.W.LsはOrdinary Wizarding Levels（普通魔法使いレベル試験）の略。ホグワーツの生徒はみな、ある年齢に達したら必ずこの試験を受けなければなりません。これはイギリスの生徒たちが受けなければならないG.C.S.E（= General Certificate of Secondary Education 中等教育修了共通試験）に相当します。このG.C.S.EはO-Levels（= Ordinary Levels）とも呼ばれます。ホグワーツの生徒たちはその数年後、N.E.W.T（= Nastily Exhausting Wizarding Testsめちゃくちゃ疲れる魔法テスト）という試験も受けなければなりません（newtは「イモリ」の意）。これは大学進学を希望するイギリスの生徒たちが受けるA-Levels（= Advanced Levels）に相当します。

第1幕 | # 第3場

The Hogwarts Express ホグワーツ特急

Hogwarts Express（ホグワーツ特急）は、ロンドンのキングズ・クロス駅とホグワーツ魔法魔術学校の最寄り駅 Hogsmeade Station（ホグスミード駅）を結ぶ蒸気機関車。シリーズのすべての巻に登場し、第1巻でハリーとロンとハーマイオニーが初めて出会った場でもあります。

●新しい登場人物

◇ **Scorpius = Scorpius Hyperion Malfoy**［スコーピアス・ハイペリオン・マルフォイ］ ホグワーツの新入生➡Info #1

◇ **Astoria Malfoy**［アストリア・マルフォイ］ Scorpius の母親 ➡Info #1

◇ **Draco Malfoy**［ドレイコウ・マルフォイ］ Scorpius の父親 ➡Info #1

◇ **Voldemort**［ヴォルデモート］ 闇の帝王 ➡Info #2

語彙リスト

Trolley Witch (Witch who sells sweets, drinks and other items from a trolley she pushes through the train carriages) 車内販売の魔女

Pumpkin Pasty (a sweet cake made from pumpkins) かぼちゃパイ

Chocolate Frogs (chocolate in the shape of frogs) 蛙チョコレート➡Info #3

Cauldron Cake (cakes cooked in a witch's cauldron) 大鍋ケーキ

spotting (seeing) 見る

concentrate (keep our minds focused) 集中する

scary (frightening) 恐ろしい

On the contrary (Not at all) そんなことはない

got the pick of anyone (we can select anybody) 誰でも選べる

compartment (small partitioned section of a train with approximately eight seats) コンパートメント

rate (evaluate) 価値を見積もる

kid (child) 子ども

otherwise empty (empty except for him) その人を除けば空っぽ

free (empty, not occupied) 空いている

for a bit (for a while) しばらく

by the minute (gradually) 次第に

Fizzing Whizzbees (sherbet balls that make the consumer levitate several feet in the air when eaten) フィフィ・フィズビー ＊なめると身体が浮き上がる炭酸入りキャンディ。

Shock-o-Choc (chocolate that delivers an electric shock) ショック・オ・チョック ＊食べると電気ショックが起

きるチョコレート。

Pepper Imps (very hot peppermint sweets that make the consumer smoke at the mouth and ears) 激辛ペッパー ＊ぴりぴりしたペパーミント味のお菓子で、食べると耳から煙が出る。

Jelly Slugs (slugs covered in jelly) なめくじゼリー

(sings) = Scorpius sings

Sweets (candies) お菓子

***out of sight of* Scorpius** (so that Scorpius cannot see) スコーピアスから見えないようにして

king of the confectionery bag (best type of sweet (candy) available) 袋菓子の王様

Brilliant (wonderful) すごい

face falls (looks very disappointed) うなだれる

didn't get on (were not on friendly terms) 関係がうまくいっていなかった、仲がよくなかった

putting it mildly (understating the reality) 控えめに言う

Death Eaters 死喰い人 ➡Info #2

(affronted) (insulted) 侮辱されて

rumour (gossip) 噂

desperate (despairing) 打ちひしがれた

heir (successor) 跡継ぎ、継承者

end of the Malfoy line (no more surviving people in the Malfoy family) マルフォイ家の血統の途絶

Time-Turner タイム・ターナー ➡Info #4

uncomfortable (unpleasant) 気まずい

rubbish (untrue) たわごと

you've got a nose ➡Info #5

pathetically grateful (naïvely pleased that she has turned the conversation into a joke) （ローズがジョークを言ってくれたので）痛ましいほど素直に喜んだ

just like (the same as) よく似た

father-son issues (communication problems between fathers and sons) 父と子のコミュニケーションの問題

on the whole (overall) 全体として

Dark Lord 闇の帝王 Voldemort

something passes between them (they come to a mutual understanding) ふたりのあいだで何かが通じあう

(off* ROSE*'s look) (in response to the expression on Rose's face) ローズの表情に反応して

unsure (not knowing what to do) 何をしていいかわからない

fierce (aggressive) 攻撃的な

pops (throws) ポンと投げ入れる

Info #1 Malfoy Family

Scorpius Hyperion Malfoyは悪名高いDeath Eater（➡Info #2）の家系の出身。Scorpiusはひとりっ子で、父親のDraco Malfoyはホグワーツ在学中、シリーズの初めから終わりまで、Harry Potterの宿敵でした。Malfoy家はスリザリン寮に組分けされるのが伝統であり、この家系の男子はみな同じような金髪です。母親のAstoria Greengrassは、ホグワーツでDracoの2学年下でしたが、Astoriaの姉Daphne GreengrassはDracoと同学年のスリザリン生でした。Astoriaは、魔女・魔法使いがマグル（ふつうの人間）よりも優れているとは考えていなかったので、息子をMalfoy家と比べてマグルに寛容に育てました。Scorpiousの祖父母（つまりDracoの両親）はLucius MalfoyとNarcissa Malfoyです。

Info #2 Voldemort

シリーズ全体を通してハリー・ポッターの敵である邪悪な魔法使い。子ども時代はTom Marvolo Riddleの名でホグワーツで学んでいましたが、悪の側につき、魔法界での支配を固めるためにDeath Eater（死喰い人）と呼ばれる邪悪な魔女・魔法使いの集団を結成。純血にこだわり、純血の魔女・魔法使いの世界を築くためにマグルを一掃しようとしていました。シリーズ全体は、この目的を達成しようとするVoldemortと、それを食い止めようとするハリー・ポッターたちとの闘いと見なすことができるでしょう。

Info #3 Chocolate Frogs

Chocolate Frogs（蛙(かえる)チョコレート）は「ハリー・ポッター」シリーズに何度も登場するお菓子で、ホグワーツの生徒たちに大人気。箱をあけると本物の蛙が飛び出してくるだけでなく（たいていは食べられてしまわないように逃げ出すため）、有名な魔女や魔法使いのカードがおまけについてきます。子どもたちはこのカードを、野球カードと同じように集めたり交換したりするのです。

Info #4 Time-Turner

過去に戻ることを可能にしてくれる特別な道具。砂時計のような形をしていて、鎖で首から下げられるようになっています。最も一般的なモデルは

Hour-Reversal Turner と呼ばれていますが、これではほんの数時間しか過去に戻ることができません。もっと強力な Time-Turner ならば何年も過去にさかのぼることができますが、その使用は違法であり、魔法省が厳格に管理しています。Time-Turner が初めて登場したのは、第３巻 *Harry Potter and the Prisoner of Azkaban*。ハーマイオニーは Time-Turner（ただし、これは Hour-Reversal Turner でしたが）をマクゴナガル先生（Professor McGonagall ▶▶ p.36）からもらい、同じ時間に行われる授業をいくつも受けていたのです。また、友人たちの命を救うために、密かにこれを使わなければならない事態にも追い込まれました。そしてその後、マクゴナガル先生に返しました。

Info #5 you've got a nose

気まずい雰囲気を和らげるためにローズが言ったジョーク。ヴォルデモートは死んだり甦ったりを何度か繰り返しました。魂をいくつかに分けておき、死んだ場合はそのうちのひとつから生き返ることができるようにしていたので、それが可能だったのです。ヴォルデモートが身体を得たときの特徴のひとつは、鼻がないことでした。ここでローズは、スコーピアスがヴォルデモートの息子であるという噂は本当ではない、とほのめかしているのです。なぜならスコーピアスには鼻がありますから。

第1幕 | # 第4場

Transition Scene 推移の場面

この場面は時間の推移を描き、物語が実際に始まるまでのギャップを埋める役割を担っています。アルバスがホグワーツの1年生になった場面から始まり、その後の2年間に起こったいくつかの場面を経て、最後の場面でアルバスは3年生になっています。

●新しい登場人物

◇ **Polly Chapman**［ポリー・チャップマン］ ホグワーツの生徒
◇ **Karl Jenkins**［カール・ジェンキンズ］ ホグワーツの生徒
◇ **Yann Frederick**［ヤン・フレデリック］ ホグワーツの生徒
◇ **Dumbledore = Albus Dumbledore**［アルバス・ダンブルドア］ ➡Info #1
◇ **Craig Bowker Jr.**［クレイグ・バウカー・ジュニア］ ホグワーツの生徒
◇ **Madam Hooch**［マダム・フーチ］ ホグワーツの飛行訓練の教師
◇ **Professor McGonagall = Minerva McGonagall**［ミナーヴァ・マクゴナガル］ ホグワーツの校長 ➡Info #2

語彙リスト

最初の場面：ホグワーツの大広間

never-world (a world of fantasy) ありえない世界、空想の世界
leap (jump) 飛びながら移動する
fragments (small segments) 断片
shards (small pieces) 破片
constant progression (unceasing forward movement) 絶えざる進展
Initially (at the beginning) 最初に
Great Hall (a large hall in which the students of Hogwarts eat their meals) 大広間 ＊ホグワーツの食堂兼講堂。
his hair (similar hair to Harry Potter) ハリー・ポッターと同じ髪
spring into their houses (quickly jump into position in accordance to their Hogwarts houses) （どの寮に入るかが決まった生徒たちが）それぞれの寮の生徒たちの並んでいる場所に次々と飛びこんでいく
apparent (obvious) 明らかな
tense (nervous) 緊張した
fate (destiny) 運命
Of thoughts I take inventories (I make a list of thoughts) 考えをリストにしている
through thick and thin (in good times and in bad times) （状況の）よい時も悪い時も、どんな時も
cheering (loud cries of congratulations)

喝采の声

Thank Dumbledore ありがたい
＊Thank God の魔法界版。

glare (intense stare) じっと見つめること

that makes sense (that is an obvious conclusion (because Scorpius is a Malfoy and all Malfoys are assigned to Slytherin)) 理に適っている ＊スコーピアスはマルフォイ家の一員なので、スリザリン生になるのは当然、という意味。

confused (perplexed) 混乱して、当惑して

profound (meaningful) 深い

One that sits low, twists a bit and has damage within it (referring to the profound silence as perplexing and damaging) 災いを秘めた沈黙が低く垂れこめて身をよじる

Whoah! (What?!) なんだって？！

unsure (confused) 不安な、当惑した

delighted (very happy) 喜んで

thoroughly (completely) すっかり

discombobulated (disconcerted) 困惑して

not how it's supposed to be (contrary to all expectations (Albus is a Potter and all Potters are assigned to Gryfindor)) こんなはずではなかった ＊アルバスはポッター家の一員であり、ポッター家の人々はみなグリフィンドール生になるはずだったので。

場面転換：ホグワーツのグラウンド

flying lesson 飛行訓練 ➡Info #3

broomstick 箒 ➡Info #3

brooms = broomstick 箒

Stick out (extend) 突き出す

sail (fly) 空中を進む、飛ぶ

shirkers (time-wasters) 怠け者、時間を無駄にする人

like you mean it (with conviction) 自信をもって

***bar* ROSE *and* YANN** (except for Rose and Yann) ローズとヤンを除く

desperation (frustration) 失望

Merlin's beard (Oh, my God) おやまあ ＊魔法界独特の言いまわし。

humiliating (embarrassing) 不面目な、みっともない

Squib (witch or wizard with no magical powers) スクイブ ＊魔法の使えない魔女・魔法使い。

場面転換：9 3/4 番線

expands (spreads) 広がる

mercilessly (remorselessly) 無慈悲に、非情に

less noticeably (not as prominently) （ハリーはアルバスほど）目立たたずに（1歳年をとって）

stand a little away (don't stand so close) ここから少し離れて

amused (finding the request humorous) おもしろがって

OVER-ATTENTIVE WIZARD (a wizard who is displaying too much interest) やたらと興味津々の魔法使い

circle (walk around) 歩きまわる

proffers (extends) 差し出す

disappointing (unsatisfactory) 失望させる、不満足な

dithering (time-wasting: uncommon word used here to rhyme with Slytherin) のろのろする ＊ほとんど使

われない語だが、ここではSlytherinと韻を踏むために使用。

long gone (already out of earshot) とっくにその場からいなくなって

concerned (anxious) 心配そうに

unkind (unfriendly) 意地悪な

survived (lived through) 最後まで耐える、生き延びる

all that matters (most important thing) 最も大切なこと

makes hard away (moves away swiftly) 急いで立ち去る

precisely placed (neat and tidy) きちんと整った

emerges (moves out) 登場する

crowds (large collection of people) 群衆

I need a favour (I need you to do something for me) 頼みたいことがある

parentage (ancestry) 生まれ、血統

tease (bully) からかう

relentlessly (without stop) 情け容赦なく

Ministry = Ministry of Magic 魔法省 ➡Info #4

release a statement (officially announce) 公式に発表する

reaffirming (confirming) ふたたび断言する

destroyed (demolished) 破壊されて

Battle of the Department of Mysteries 神秘部での戦い ➡Info #5

let it blow over (allow everybody to forget it) 放っておこう

move on (become interested in something else) 関心がほかに移る

suffering (being tormented) 苦しんでいる

answer (respond to) ～に反応する

feed the gossip (generate more gossip) ゴシップを増長させる

accused (targeted as being Voldemort's son) 非難されて ＊この場合は、ヴォルデモートの息子であるといってスコーピアスが標的とされている。

steer well clear (not get involved) 距離をおく、問題から遠ざかる

frowns (scowls) 顔をしかめる

cases (suitcases) スーツケース

keep the pretence up (continue to pretend) ふりをし続ける

grown-ups (adults) おとなたち

definitive (decisively) きっぱりと

melting (gradually becoming more receptive) 次第に受け入れるようになる

場面転換：ホグワーツの大広間

partial (biased) えこひいきする

Chaser チェイサー ➡Info #6

erupts (explodes) 爆発する

claps (applauses) 拍手する

alongside (beside) ～の横で

Potions class 魔法薬学の授業 ➡Info #7

場面転換：魔法薬学の授業

irrelevance (of no importance) 見当違いの、重要ではない

portraits turn the other way ➡Info #8

hunches (bends over) かがみこむ

potion (liquid concoction) 魔法薬 ➡Info #7

horn of Bicorn (potion ingredient: shavings from the horn of a Bicorn, an animal with two horns)　二角獣の角　＊魔法薬の材料。

Leave... to it (let them do what they want)　やりたいようにやらせなさい

Voldemort's child = Scorpius

salamander blood (potion ingredient: the blood from a salamander)　サラマンダー（火トカゲ）の血　＊魔法薬の材料。

explodes (blows up)　爆発する

counter-ingredient (ingredient to balance the potion so that it works as designed)　魔法薬が目的どおり作用するように加える材料

場面転換：9 3/4 番線

sallow (pale)　青ざめた

attractive (handsome)　魅力的な

persuade (convince)　説得する

permission form (letter of agreement)　許可書

Hogsmeade　ホグズミード ➡Info #9

screws up (crumples)　くしゃくしゃにする

give it a go (try it)　やってごらん

go nuts (release some stress)　やりたい放題やる、はめを外す

Honeydukes　ハニーデュークス　＊ホグズミード村にある菓子店。

don't you dare (don't even think about it)　そんなことをしてはだめだ

wand　杖 ➡Info #10

Incendio　インセンディオ　＊火をつけるときに唱える呪文。

bursts into flames (catches on fire)　燃え上がる

ascends (rises)　上昇する

ironic (strange)　皮肉な

terrible (not good)　ひどい

exchanging owls　ふくろうをやり取りする ➡Info #11

isolating (separating oneself from other people)　孤立させる

uncooperative (unresponsive)　非協力的な

surly (bad-tempered)　無愛想な、不機嫌な

Magic myself popular (use magic to make myself popular)　魔法で自分を人気者にする

Conjure (use a magic spell)　魔法をかける

Transfigure (use a magic spell to change into something else)　変身術を用いる

cast a spell　魔法をかける

Got to go = I've got to go　行かなければならない

Train to catch = I have a train to catch　乗るべき汽車がある

Friend to find (I have to find a friend)　友だちを見つけなければならない

numb to the world (oblivious of anything)　世間に対して無感覚になる

It's got worse = your mother's sickness has got worse　きみのおかあさんの病気、悪くなったの？

send an owl (send a letter)　ふくろうを送る ➡Info #11

work out (decide)　考え出す、決める

funeral (burial ceremony)　葬式

場面転換：ホグワーツの大広間

melt into the background (pretend he is not there)　背景に溶けこむ、そこにいないふりをする

Info #1 Dumbledore

ハリーが在学していたときのホグワーツの校長先生。フルネームはAlbus Percival Wulfric Brian Dumbledore。シリーズ全体を通してハリーの指導者であり、ヴォルデモートの台頭を妨げるためならどんなことでもしました。第6巻*Harry Potter and the Half-Blood Prince*の最後に起こったホグワーツでの死喰い人たちとの戦いで殺されました。

Info #2 Professor McGonagall

Professor Minerva McGonagallはハリーの在学中、ホグワーツのTransfiguration（変身術）の教師でした。Professor Dumbledoreの忠実な協力者で、ヴォルデモートの怒りや死喰い人たちとの戦いからハリーを守るために尽力。ハリーがホグワーツを去ったのち、ホグワーツの校長になりました。

Info #3 *flying lesson*

flying lesson（飛行訓練）はホグワーツで教わる教科のひとつ。生徒たちは箒（broomstick）にまたがって空を飛ぶ訓練をします。箒は魔女・魔法使いの比較的短距離の移動手段ですが、おもにクィディッチの試合で使われます。Madam Hoochはハリー在学中からこの訓練の教師であり、また寮対抗のクィディッチの試合の審判でもありました。

Info #4 Ministry of Magic

Ministry of Magic（魔法省）は魔法界の政府。その役割は、魔女・魔法使いがマグルの世界から知られないように管理すること、魔法に関するすべての政策や法律を決定し、施行することです。この名称は、実在するイギリスの省庁、たとえばMinistry of Defence（国防省）やMinistry of Justice（司法省）に倣っています。

Info #5 Battle of the Department of Mysteries

第5巻*Harry Potter and the Order of the Phoenix*で起こった戦い。ヴォルデモートは目前に迫った自らの敗北を告げる「予言」の球が置かれたDepartment of Mysteries（神秘部）にハリーやその仲間たちをおびき出し、この球を手に入れようとしたため、ここで激しい戦いが繰り広げられることになりました。

Info #6 Chaser

Chaser は Quidditch（▶▶ *p.27*）チームのポジションのひとつ。各チームは７名から成り、それぞれ次のような役割があります。

Chaser（3 名）：Quaffle と呼ばれるボールをパスしあい、相手ゴールの 3 つの輪のうちのどれかに投げ入れる。

Beater（2 名）：Chaser たちを箒から叩き落とそうとする Bludger と呼ばれるボール（2 つ）を敵陣に打ち返し、味方チームの Chaser たちを守る。

Keeper（1 名）：相手チームに得点されないよう、ゴールを守る。

Seeker（1 名）：Golden Snitch と呼ばれるボールを探し、勝利するために相手チームの Seeker より先にそのボールを捕る。

Info #7 *Potions class*

Potions（魔法薬学）はホグワーツで教わる教科のひとつ。混ぜ合わせる材料を学び、その調合の実習をします。

Info #8 portraits turn the other way

魔法界の肖像画や肖像写真の中の人物は、蛙（かえる）チョコレートのおまけのカードや新聞の写真も含めて、どの人物も絵や写真の枠内を自由に動きまわります。時には自分の肖像画から抜け出て、ほかの肖像画に移動できる人物もいます。ここではポリーが、アルバス・ポッターはつまらない男の子なので、肖像画の中の人物さえも彼には背を向けてしまう、と言っているのです。

Info #9 Hogsmeade

ホグワーツ魔法魔術学校にいちばん近い村。1612 年に子鬼の反乱が起きたときには、この村の Three Broomsticks（三本の箒）という居酒屋が、子鬼たちの本部になりました。またここは、マグルがひとりもいないイギリス中で唯一の村でもあります。ホグワーツの生徒たちは 3 年生以上になると、親や保護者からの許可証さえあれば、週末などにこの村に行くことができます。

Info #10 *wand*

魔女と魔法使いは、魔法をかけるときに木製の杖を使います。ふつうはただ wand（杖）と呼ばれていますが、この物語では魔法の杖のこと。使われている木材やサイズはさまざまで、魔力を備えるために、ドラゴンの琴線や不死鳥の尾羽根などが芯として使われています。The wand chooses the wizard.（杖は魔法使いを選ぶ）と言われていることからもわかるように、魔女・魔法使いたちの持っている杖はさまざまです。ホグワーツの生徒たちは入学のときに初めて自分の杖を与えられます。

Info #11 exchanging owls

魔法界では、手紙はすべてふくろうによって運ばれます。魔女・魔法使いはみな、手紙を運んでくれる自分のふくろうを飼っています。ハリーがマクゴナガル先生と「ふくろうのやり取りをする」と言っているのは、「手紙のやり取りする」という意味なのです。

第1幕 第5場

Ministry of Magic, Harry's Office
魔法省、ハリーのオフィス

この場面はハリーのオフィスで展開されます。ハリーは Ministry of Magic（魔法省）の Department of Magical Law Enforcement（魔法法執行部）の部長。その務めは、魔法に関連するすべての法律がきちんと守られるように管理することです。ちなみに、ハーマイオニーはこの物語の時点で Minister of Magic（魔法大臣）。マグルの世界でいえば首相に相当します。

●新しい登場人物

◇ **Theodore Nott**［シオドー・ノット］ Harry がホグワーツにいた当時スリザリンにいた死喰い人

◇ **Hugo**［ヒューゴウ］ Ron & Hermione Grainger-Weasley の息子、Rose の弟 ►► *p.26*

◇ **Ethel**［エセル］ 魔法大臣（Hermione）の秘書

語彙リスト

piles of paper (mountains of paperwork) 書類の山

messy (untidy) 取り散らかった

in a rush (in a hurry) 大急ぎで

graze (small cut) 小さな傷

In custody (has been arrested) 拘留されて

alluringly (attractively) 魅惑的に

genuine (real, authentic) 本物

Hour-Reversal Turner ►► *p.31*

goes back further (returns further in time) （Hour-Reversal Turner と比べて）もっと昔まで時間をさかのぼる

wiser heads prevailed (people smarter than me convinced be otherwise) （自分より）賢い人々が確証した

dryly (wryly) 皮肉っぽく

wizardry (wizarding world technology) 魔法界のテクノロジー

dabs (pats) 軽くたたく

wound (injury) 傷

it'll go with the scar (it'll make a matching pair together with the scar) 額の傷痕とよくマッチする ➡ Info #1

anxious (eager) 気になる、ぜひ～したい

on top of your paperwork (up to date with your desk work) 最新の状態に追いつくように書類の仕事をする

Turns out (appears that) ～であることがわかる

chaos (disorder) カオス、混沌

chaotic (adjective for chaos) 混沌とした、ごちゃごちゃの

ignored (not being taken care of)

無視された、放置された

mountain trolls (large and stupid human-like creatures) 山トロール ➡Info #2

graphorns (large and aggressive creature) グラップホーン ➡Info #2

giants (large human-like creatures) 巨人 ➡Info #2

winged tattoos (tattoos of wings) 翼の絵の入れ墨

werewolves (humans who turn into wolves at the full moon) 狼人間、人狼 ➡Info #2

entirely underground (disappeared totally from view) 完全に姿が見えなくなって

boring (uninteresting) 退屈な

beasts (animals) 動物

fought alongside Voldemort (joined Voldemort to fight on his behalf) ヴォルデモートとともに戦った

great wizarding wars (wars between good witchcraft and evil witchcraft) 魔法界の大戦 ＊よい魔法使いと悪い魔法使いの戦争。

allies of darkness (fight for dark magic) 闇の同盟

combined (together) 結び合わせて

unearthed (discovered) 発見した

acted upon (took action) 行動をとった

tell me off (scold me) 小言を言う、叱る

tricky (difficult) 難しい

fancy (want) ほしい

toffee (caramel-flavoured candy) トフィ

changing the subject (moving the conversation onto a different topic) 話題を変える

truly (really) 確かに

off sugar (not taking any sugar) 砂糖抜きの

Beat (stage direction indicating a brief pause or hesitation) 短い間 ＊演劇用語で、ためらいなどを表すときのト書き。

addicted (reliant) 病みつきの、依存症の

that stuff = sugar

What can I say? (expression meaning "I know") 私にが言えるっていうの？ ＊「そんなこと知ってるわよ」の意味。

bound to (destined to) ～する運命にある

rebel (go against) 反抗する

nudge (push) 相手を肘で軽く突くこと ＊相手に正しく行動するよう促すこと。

implication (hidden meaning) ほのめかし、隠れた意味

emphasis (significance) 強調

nods (moves his head up and down to register understanding) うなずく

fatherhood (being a father) 父親であること

indicates off (waves her hand at a position off-stage) 手で指し示す

parent of the year (best parent) その年の最も優れた親

Ministry official of the year (best Ministry official) その年の最も優れた省庁職員

fresh head (clear mind) フレッシュな気持ち

packs his bag (places his personal items in his bag) 鞄に持ち物をしまう

corridor (hallway) 廊下

weight of the world upon his

shoulders (feeling stressed from the heavy weight of responsibility) 世界の重さを背負う、責任の重さをひしひしと感じる

telephone box 電話ボックス
➡Info #3

62442 ➡Info #3

Info #1 it'll go with the scar

ハリーの額には稲妻の形をした傷痕があります。この傷は、ハリーが1歳3か月のとき、ヴォルデモートが死の呪い（Avada Kedabra）によってハリーを殺そうとしたときに負ったものです。ハリーは母親の愛で守られていたおかげで、生き延びることができました。そして死の呪いによる攻撃を受けたにもかかわらず生き延びることができたのは、今日に至るまで、ハリーただひとりであると言われています。ちなみに、ハリーの母親リリーはそのときに亡くなりました。この場面でハリーは、頬の新しい傷が額の傷痕とよくマッチしていると冗談を言っているのです。

Info #2 mountain trolls

ここでは魔法界の生き物が4種類、次々と紹介されています。「ハリー・ポッター」の世界では実在しますが、マグル界では伝説上の生き物でしかありません。

Trolls（トロール）

知能は低いけれどとても危険な生き物で、姿は巨人に似ています。ヨーロッパ各地の伝説によく登場しますが、もともとはスカンジナビア起源。その驚くほどの巨大さと弱な性質、よからぬことをしでかす魔法の力で、地元の人々を恐れさせました。城にすんでいるという伝説もあれば、地下にすんでいるという伝説もあります。夜行性なので昼間は出歩かず、日光にさらされると石になってしまいます。

Graphorns（グラップホーン）

ヨーロッパの山地にすむ、攻撃的で危険な生き物。巨大で背中が曲がり、ドラゴンの皮膚よりも固い灰色がかった紫色の皮膚をしています。金色の角が2本あり、魔法で攻撃されてもなかなか倒れません。時には mountain troll（山トロール）たちが Graphorn を交通手段として利用することがありますが、Graphoron はこれを嫌がり、mountain troll に

襲いかかります。mountain troll たちがよく傷だらけになっているのは、そのためです。

Giants（巨人）

人間の姿をした巨大な種族。ヨーロッパでは古代から、その危険さ、残酷さが恐れられてきました。最古の記録はギリシャ神話の Gigantes（ギガンテース）。英語の gigantic（巨大な）はこの語に由来します。Gigantes は天空の神ウラノスの血が大地の女神ガイアの上に落ちたときに誕生しました。巨人たちはそののち、少し違った形でイギリスの伝説にたびたび登場するようになります。その中で最も有名なのは Gog と Magog というふたりの巨人の伝説で、この物語は世界各地に広がりました。とはいえ Gog と Magog という語は、聖書にさかのぼります。エゼキエル書で、Magog は Gog の出身地の地名となっていますが、黙示録では、Magog は Gog と一緒になって世界を滅ぼそうとしています。

Info #3 *telephone box*

この電話ボックスは魔法省の玄関兼エレベーターです。その中に設置されている古めかしいダイヤル式の電話で 62442 をダイヤルすると、ボックスが昇降して、地上から地下 8 階アトリウムまでの階を行き来することができます。この古い電話のダイヤルには、数字とアルファベットが書かれています。数字の 1 が書かれているところにはアルファベットは書かれていませんが、数字の 2 が書かれているところには ABC が、3 が書かれているところには DEF が、4 が書かれているところには GHI が……といった具合にアルファベットが書かれています。つまり、62442 をアルファベットに置き換えると magic になる、というわけです。

第1幕 第6場

Harry and Ginny Potter's House
ハリー & ジニー・ポッターの家

この場面はとても重要ですが、その理由はあとになってわかるでしょう。

●新しい登場人物

◇ **Amos Diggory**［エイモス・ディゴリー］ Cedric Diggory の父親

◇ **Cedric = Cedric Diggory**［セドリック・ディゴリー］ Harry の在学当時のホグワーツの生徒➡Info #1

◇ **Delphi = Delphini**［デルフィ／デルフィーニ］ Amos Diggory の姪を名乗る若い女性

語彙リスト

revealed (becomes visible on stage) 舞台に登場する

elderly (old) 年配の

wheelchair (chair with wheels used by the infirm) 車椅子

only just home (just arrived home) 帰宅したばかり

Ministry = Ministry of Magic 魔法省

patiently (passively) 辛抱強く

urgent (immediate) 緊急の

shift things around (adjust things) 調整する

shutting me out (avoiding me) 締め出す

responsible (in charge of) 責任を負って

Sorry? (Excuse me?) すみません、今なんておっしゃったんですか

loss (death) 死

kill the spare ➡Info #2

sympathise (empathise) 同情する、共感する

memorialise (retain the memory of) 記念する、追悼する

memorial (structure built in the memory of) 記念碑

beg (plead) 請う

astonished (very surprised) 驚いて

does it not? (isn't that right?) そうではありませんか？

urgency (insistency) 切迫感

seized (confiscated) 押収した

kept it (still has it) それを今も持っている

For investigation (To check it out) 調査のために

deadly (uncomfortable) ひどく心地の

悪い

extremely (very)　非常に
Boy Who Lived　生き残った男の子 ➡Info #3
face hardens (expression becomes grim)　顔がこわばる
fiction (not true)　作り話
jumps a mile (exaggerated idiom meaning to be startled)　1マイルも飛び上がる　＊驚きを表す誇張表現。
twenty-something (between twenty and twenty-nine years old)　20代の
determined-looking (confident)　自信に満ちた態度の
looking through the stairs (peering between the banisters)　階段の手すりのあいだからのぞき見る
startle (shock)　驚かせる
stair-listener (person who enjoys eavesdropping while sitting on stairs)　階段にすわって盗み聞きをする人
tiniest (smallest)　ものすごく些細な
sort of my house (is my house)　ぼくの家っていうか……　＊sort of（～みたいな）は言葉をぼかすとき、またはほとんど意味もなく若者がよく使う表現。
thief (robber)　泥棒
fierce (fearsome)　荒々しい、凄みのある
ascends (climbs)　のぼる
look after (take care of)　～の世話をする
indicates (points toward)　指し示す
rueful grin (repentant smile)　悲しげな笑い
a bit wow (amazing)　すごい
put my foot in it (said something that I shouldn't have)　余計なことを言う
isn't a hole she couldn't dig her self into (isn't a situation that she couldn't embarrass herself)　彼女が掘らない墓穴はない、彼女は必ず困った事態に陥る
all sorts (lots of things)　あらゆること
depart (leave)　立ち去る
hesitates (pauses)　ためらう、立ち止まる
who we're related to (who our relations are)　誰が自分の親戚か
patient (person in one's care)　患者
Upper Flagley　アッパー・フラグリー ➡Info #4
stuck in the past (old people who only have memories of long ago)　過去にしがみついている、昔の記憶の中にだけ生きている
St Oswald's Home for Old Witches and Wizards　聖オズワルド老人ホーム ➡Info #5
trips (stumbles)　よろめく
once-great (revered in the past)　かつての偉大な、かつて人々から尊敬された
stone-cold Ministry man (unfeeling bureaucrat)　ゴチゴチの官僚
leave you in peace (no longer bother you)　あなたを平穏の中に残していく、あなたをもうわずらわせない
forlorn (subdued)　うちひしがれて

Info #1 Cedric Diggory

Cedric Diggory は 1994 年から 1995 年にかけて行われた三大魔法学校対抗試合（Triwizard Tournament ▶▶ p.54）に参加したホグワーツの生徒でした。この試合については *Harry Potter and the Goblet of Fire* に書かれています。試合の第３の課題に取り組んでいるときに、Cedric はヴォルデモートの命令を受けた死喰い人 Peter Pettigrew に殺されてしまいました。

Info #2 kill the spare

spare（スペア、予備）はここではセドリック・ディゴリーのこと。セドリックは三大魔法学校対抗試合に参加するただひとりのホグワーツの代表選手となるはずでしたが、仕掛けられた策略により、ハリーも選手に選ばれてしまいました。そして試合の第３の課題に取り組んでいるとき、セドリックとハリーは魔法の力でヴォルデモートのいる墓地に運ばれてしまいます。けれどもヴォルデモートは、spare（よけいなやつ）に用はなかったため、ピーター・ペティグリューに命じてセドリックを殺したのです。

Info #3 Boy Who Lived

これは第１巻 *Harry Potter and the Philosopher's Stone* 第１章のタイトルです。Boy Who Lived（生き残った男の子）とは、ヴォルデモートの攻撃を受けたとき、本当は両親とともに死ぬはずだったハリーを指します。ここの場合、エイモスは「Boy Who Lived が生きるために、いったいどれだけ多くの者が死んだことか」と、ハリーに問い詰めています。

Info #4 Upper Flagley

Upper Flagley はヨークシャーにある小さな村。ここはイギリスで、比較的多くの魔法使いの家族たちが人間たちと一緒に暮らしている場所のひとつです。第７巻 *Harry Potter and the Deathly Hallows* に一度だけ登場します。

Info #5 St Oswald's Home for Old Witches and Wizards

私たちの世界と同じように、魔法界にも老人ホームが必要です。St Oswald's Home for Old Witches and Wizards は年取った魔女・魔法使いたちが最後の日々を過ごす場所です。

第1幕　第7場

Harry and Ginny Potter's House, Albus's Room
ハリー＆ジニーの家、アルバスの部屋

この場面になると、ハリーとその息子アルバスの対立の根深さに、私たちは気づかないわけにはいかなくなります。ここに登場する毛布は、あとで重要な役割を果たすことになります。

●新しい登場人物

◇ **Dursleys = Vernon and Petunia Dursley**［ヴァーノン＆ピチューニア・ダーズリー］➡Info #1

◇ **Dudley = Dudley Dursely**［ダドリー・ダーズリー］➡Info #1

語彙リスト

Still against the constant motion outside (Albus' room is quiet in comparison to outside) 外のざわめきと対照的に、アルバスの部屋は静まりかえっている

roar (shout) わめき声

from off = from off stage 舞台の陰から

ignore (forget) 放っておく

Invisibility Cloak 透明マント ➡Info #2

appears (arrives) 登場する

fairy wings (wings from fairies that are attached to the back and continue to flutter) 妖精の羽

flutter (flap) はためく、ひらひら動く

fluttery ひらひらした ＊flutter の形容詞形。

awkward (uncomfortable) 気まずい

moment (small period of time) 短い時間

delivering (bringing) 運んでくる、持ってくる

pre-Hogwarts gift (gift before you return to Hogwarts) ホグワーツに戻る前の贈り物

love potion (potion that makes the recipient immediately fall in love with the provider) 惚れ薬

farting gnomes (flatulent gnomes) おならをする庭小人たち ➡Info #3

possessions (items she left behind when she died) 持ち物、遺品

I wondered if you (I thought that maybe you) おまえが（これをほしがる）のではないかと思って

certainly (definitely) もちろん

Hallows' Eve ハロウィーン➡Info #4

packing (preparing bags for his departure to Hogwarts) 荷造り

undoubtedly (I'm sure) 間違いなく

work coming out of your ears

(being very busy) 大量の仕事 ＊直訳は「耳からあふれ出るほどの仕事」

heartbroken (upset) がっかりして、失望して

want a hand (need any help) 手伝いが必要

Privet Drive プリベット通り ➡Info #1

orphan (parentless child) 孤児

bullied (badly treated) いじめられた

traumatised (made to suffer seriously) 心に痛手を負わされて

Blah blah blah (etc., etc., etc.) べらべらべら、云々

rise to your bait (fall into your trap) 相手の思うつぼにはまる ＊直訳は「餌に食いつく」

on behalf of (as a representative of) ～を代表して、～のために

kind (people) 人々

grateful (appreciative) 感謝して

heroism (bravery) ヒロイズム、勇敢さ

bow (lean over at the waist as a sign of respect) お辞儀する ＊特に男性の場合、この語が使われる。

curtsey お辞儀 ＊ bow の女性版。

gratitude (thanks) 感謝

overflowing (full of) あふれかえる、～でいっぱい

mouldy (old and mildewed) かび臭い

losing his temper (becoming angry) かっとなる

made responsible (forced to accept responsibility) 責任を負わされて

seeing red (euphemism for becoming extremely angry) 激怒する ＊直訳は「真っ赤になる」

get under my skin (make me angry) 気に障る、ひどく怒らせる ＊直訳は「皮膚の下に触れる」

horrible pause (very ncomfortable silence) 恐ろしく気まず い沈黙

collides with (hits) ～にぶつかる

spills (leaks) こぼれる

puff (cloud) （煙などの）ひと吹き

Info #1 Dursleys

Petunia Dursley はハリーの母親リリー・ポッターの姉でした。夫 Vernon Dursley とのあいだに Dudley という名の息子がいます。ハリーの両親がヴォルデモート（Voldemort ▶▶ *p.30*）によって殺されたとき、ハリーは Dursley 家に預けられ、彼らに育てられました。マグルである Dursley 夫妻は断固とした魔法嫌いで、ハリーが魔法界に巻き込まれるのを何としても阻止しようとします。ハリーには、両親は交通事故で亡くなったと教えこむことさえしています。ふたりはとても厳しく、ハリーにつらくあたりました。またハリーは Dudley のひどいいじめにもあいました。この家族は Number Four Privet Drive, Little Whinging（リトル・ウィンジング、プリベット通り４番地）に住んでいました。

Info #2 Invisibility Cloak

すっぽり被ると他人から姿が見えなくなってしまうマント。絹よりなめらかで空気にように軽い素材でできています。このマントは亡き父ジェームズがハリーに遺してくれたもので、ハリーはシリーズ中の多くの場面でこれを活用しました。そして今は、ハリーの息子ジェームズのものになっています。

Info #3 farting gnomes

gnome（庭小人）はおじさん風の姿をした小さな生き物で、いたずらが大好きです。イギリスでは石膏でできたgnomeの像が、よく庭に飾られています。ロンがリリーに贈ったのは、よくおならをする庭小人のようです。

Info #4 Hallows' Eve

Hallows' Eveは10月31日。古い英語でHolyとEveningを意味するHallowsとE(v)enをつなげて一語にした、Halloweenという名称でよく知られています。1981年のこの日、ハリーの両親であるジェームズとリリーが、ヴォルデモートによって殺されたのでした。

第1幕 第8場

Dream, Hut-On-The-Rock
夢、岩の上の小屋

この場面は第1巻 *Harry Potter and the Philosopher's Stone* 第4章で、ハリーがホグワーツに出発する直前に起こったことのフラッシュバックです (➡Info #1)。ハリーの見ている夢として描かれています。

●新しい登場人物

◇ **Hagrid = Rubeus Hagrid**［ルビアス・ハグリッド］ ハリーが在学していた当時のホグワーツの領地の番人➡Info #2

語彙リスト

BOOM (loud banging noise) バン！ ＊ものをたたきつける大きな音。

cowering (hiding) 縮こまる、うずくまる

not even a lighthouse ➡Info #3

Hold on (wait a moment) ちょっと待て

cursed (jinxed with bad luck) 呪われた

the boy = Harry Potter

your fault (you are to blame) あなたの過ち

flinches (draws back in alarm) 尻込みする

rifle (gun) ライフル銃

armed (have a gun) 銃を持った

MASSIVE (very large) 非常に大きな

hinges (butterfly clips that hold a door in place) 蝶つがい

Couldn't make us a cup o' tea, could yeh? (Would you make me a cup of tea?) お茶を入れてくれないか

see this scarramanger off (chase this thug away) この悪党を追い払う➡Info #4

Scarrawhat? ＊ハグリッドはscarramangerという言葉が理解できなかったので、それは何かとたずねている。

ties it in a knot (bends the barrel of the gun into the shape of a knot) 銃の先を曲げて結ぶ

Oops-a-daisy (an exclamation said when a mistake has been made) いっけねー ＊間違えたときに使う感嘆句。

distracted (attention drawn by something else) ほかのことに気を取られて

Las' time I sew yeh, yeh was only a baby = The last time I saw you, you were only a baby 最後におまえさんを見たとき、おまえさんはまだ赤ん坊だった

Yeh look a lot like yer dad, but

yeh've got yer mum's eyes = You look a lot like your dad, but you've got your mum's eyes　おまえさんは父親によく似ているが、目は母親の目だ

Where's me manners? = Where are my manners?　行儀よくしなくちゃな

Got summat her yer here = I' ve got something for you here　おまえさんに渡したいものがある

I mighta sat on it at some point = I might have sat on it at some point　いつのまにかその上にすわっちまったらしいが

squashed (flattened)　つぶれた、ぺちゃんこになった

icing (sugar-based paste for decorating cakes)　アイシング、砂糖衣

Keeper of Keys and Grounds 鍵と領地の番人 ➡Info #2

I'd not say no ter summat stronger = I'd not say no to something stronger　もっと強いやつをすすめられても「いらない」とは言わない　＊summat stronger は「紅茶より強い飲み物」つまり「酒」のこと。

Hogwhere?　＊ハリーには Hogwarts という言葉が理解できなかったので、それは何かとたずねている。

o' course = of course

It's them as should be sorry =It is them (the Dursleys) who would be sorry　謝らなくちゃならないのはダーズリー家のやつらのほうだ

fer crying out loud! (Oh, my God!)　おやまあ！

menacingly (threateningly)　脅かすように

forbid you (prohibit)　禁じる

whispering (low voice)　ささやき

unmistakable (indisputable)　間違えようのない

Info #1　Hut-On-The-Rock

第 1 巻 *Harry Potter and the Philosopher's Stone* の中でダーズリー家の人々（Dursleys ▶▶ *p.47*）は、ホグワーツから届く入学許可の手紙をハリーが受け取れないようにしようと必死になっています。家にいるとあまりに次々と手紙が届くので、彼らはハリーをつれて孤島に行くことにしました。そこにいれば郵便の配達がなく、ハリーを守れるだろうと思ったのです。Hut-On-The-Rock（岩の上の小屋）は、その孤島にあるおんぼろの小屋のこと。

Info #2　Hagrid

Rubeus Hagrid はホグワーツの領地の番人を務める半巨人。正式の肩書は、Keeper of Keys and Grounds at Hogwarts（ホグワーツの鍵と領地の番人）です。ホグワーツの構内にある小屋に住み、ハリー、ハーマイオニー、ロン

ととても親しくなりました。ハリーの両親がヴォルデモートに殺された夜、ハリーをダーズリー家に届けたのは、ハグリッドでした。ハグリッドはイギリス南西部のなまりで話します。

Info #3 not even a lighthouse

Info #1 で説明したように、ダーズリー家の人々は、ハリーを魔法界から遠ざけるために孤島につれてきました。この島には灯台（lighthouse）があり、そこに島があることを、近づいてくる船に警告しています。ここでペチュニア伯母さんは、Not even this island is far enough away from the wizards and witches.（この島さえも、魔法使い・魔女たちから十分に隔たってはいない）と言っているのです。

Info #4 see this scarramanger off

英語に scarramanger という語は存在しません。たぶん scaremonger という語をもじったバーノン伯父さんの造語でしょう。scaremonger とは「噂を広めて世間を騒がすのをおもしろがる人」のこと。これはバーノン伯父さんから見たハグリッドの印象（魔法に関係する噂を広めようとしている）に当てはまるかもしれません。

第1幕 第9場

Harry and Ginny Potter's House, Bedroom
ハリー＆ジニー・ポッターの家、寝室

ハリーの額にある稲妻形の傷痕（scar ►► p.41）は、ヴォルデモートが存在することを伝えるバロメーターのような役割をします。つまり、闇の帝王の力を感知すると、傷痕が痛むのです。この場面を読むときは、このことを覚えておきましょう。

語彙リスト

Breathing deeply (breathing heavily)　苦しげに大きく息をする
Calming (soothing)　落ち着かせる
intense (severe)　強烈な
Lumos (a spell that illuminates the tip of a magic wand like a torch)　ルーモス ➡Info #1
nightmare (bad dream)　悪夢
Sleeping Draught (potion that facilitates sleep)　眠り薬
agitation (nervous excitement)　動揺
It can't have been easy (Speaking with Amos Diggory must have been difficult)　エイモス・ディゴリーと話すのはつらかったでしょう
cope with (withstand)　耐えられる
particularly (especially)　特に
unless it's the wrong thing of course　もちろん間違ったことなら言えるけれど　＊ハリーはここでアルバスとの口論のことを言っている。
upsetting (distressing)　動揺させる
concealed (hid)　隠した
honest (truthful)　正直な
putting on your Harry Potter front (pompously acting like a hero)　ハリー・ポッターの体面を保とうとする、英雄らしくふるまおうとする
caution (care)　注意
Dumbledore　＊いま口にした台詞はダンブルドア先生の言葉であるとハリーは言っている。
gasps (draws in his breath)　あえぐ
Nox (a spell to distinguish the light conjured up with the Lumos spell)　ノックス ➡Info #1
his face says it all (his feelings are revealed in his expression)　彼の表情がすべてを語っている、感情が顔にあらわれている

Info #1　Lumos

Lumosという呪文を唱えると、魔法使いの杖の先に明かりが灯ります。ラテン語で「光」を意味する *lumen* に由来し、英語の luminosity（光輝）や luminous（明るい）などを連想させます。明かりを消すときの呪文は Nox で、こちらは「夜」を意味するラテン語です。

第1幕 | # 第10場

The Hogwarts Express ホグワーツ特急

この場面は物語全体の核となる部分。ここでアルバスはあることを実行しようと決心しますし、その理由も書かれています。何をしようとしているのかが明確に書かれているわけではありませんが、いずれこの場面を思い出す必要が出てくるでしょう。

語彙リスト

looking for (searching for)　～を探す
how to phrase (how to put into words)　どのように言葉で表現するか
harsh (cruel)　とげとげしい
makes to walk away (starts to walk away)　歩き去ろうとする
Big Ministry raid = There was a big Ministry raid　魔法省による大掛かりな家宅捜査があった
raid (search and inspection)　（警察などによる）急な手入れ、家宅捜査
apparently (supposedly)　どうやら
incredibly brave (very courageous)　信じられないほど勇敢な
artefacts (curios)　（珍しい）道具
broke (violated)　破る、違反する
gooey (excited)　興奮した
superior (excellent)　優れた
everything falling into place (everything becoming clear)　すべてが腑に落ちる、すべてが明らかになる
Sh! (be quiet)　しっ！　静かにして！
Entirely (completely)　完全に
determined (resolved)　心に決めて
say her piece (say what she intends to say)　自分の言いたいことを言う
decisively (with resolve)　断固として、きっぱりと
sprung (motive discovered)　動機を見抜かれて
owled (sent a message by owl)　ふくろう便を送った
tailing (following)　跡をつける
hardly (not)　ほとんど～ない　＊not ほど強くない否定。
With fierceness (emotionally)　激しく、感情をこめて
hold for a beat (continue hugging for a moment)　一瞬、抱き合う
awkwardly dislocate (move apart in discomfort)　ぎこちなく相手から離れる
weird (strange)　奇妙な
Hogwarts ahoy! (Here we come, Hogwarts!)　ホグワーツ君よ、こんにちは！　＊ahoy は船乗りたちがほかの船に呼びかけるときの言葉。
makes to (starts to)　～しはじめる
Triwizard Tournament　三大魔法学校対抗試合➡Info #1
enormous geek (serious nerd)　すごく変なやつ
Ya-huh (yes, I am)　うん、そうだね
been run (been held)　開催されて

competition (tournament) 競技
Portkey 移動キー ➡ Info #2
transported (moved) 移送されて
cancelled (discontinued) 中止した
right it (correct it) それを正す
obvious (clear) 明らかな
massive (big) 大きな
denied they even existed (said that they didn't exist) それらが存在することさえ否定した
lied (was untruthful) 嘘をついた
snapped (broken) 折れた、壊れた
mess it up (be unsuccessful) 滅茶苦茶にする、台無しにする
ever up (upward) 上方へ
hesitates (pauses) ためらう
makes a face (a distasteful expression appears on his face) 顔をしかめる
hoists himself up (pulls himself up) よじのぼる

Info #1 Triwizard Tournament

Triwizard Tournament（三大魔法学校対抗試合）はヨーロッパの三大魔法学校のあいだで行われる魔法競技の親善試合。参加するのは、Hogwarts School of Witchcraft and Wizardry（ホグワーツ魔法魔術学校）、Durmstrang Institute（ダームストラング専門学校）、Beauxbatons Academy of Magic（ボーバトン魔法アカデミー）の3校です。Triwizard Tournamentは第4巻 *Harry Potter and the Goblet of Fire* で中心的に取り上げられました。試合に先立って、各校から代表選手がひとりずつ選出されます。代表選手は3つの課題に挑戦し、魔法の能力、知力、勇気を試されます。最初の対抗試合は12世紀か13世紀ごろに開かれましたが、選手たちが命を落とすという事態が発生し、あまりに危険だということから、1792年以後は中断されていました。しかし1994年には、死亡事故を防ぐための制約事項を設けて再開されました。

ホグワーツ以外の参加校は次の2校です。

Beauxbatons Academy of Magic

フランス南部、ピレネー山脈にある魔法学校。フランス、ベルギー、ルクセンブルク、オランダ、ポルトガル、スペインからの生徒たちを受け入れています。

Durmstrang Institute

ヨーロッパ北部（おそらくノルウェーかスウェーデンですが、正確な場所は明かされていません）にある魔法学校。スカンジナビアの生徒たち

を受け入れるほか、ブルガリアなど遠隔地の交換留学生も受け入れています 1294 年に創立され、Dark Arts（闇の魔術）を教えていることで有名です。

Info #2 Portkey

Portkey（移動キー）は、魔女・魔法使いがある地点から別の地点に移動するための道具。ふつうの道具に魔法をかけて Portkey にします。この語は、ごくふつうの英語 port（港）と key（鍵）を組みあわせたもの。つまり、港への扉をあける鍵というわけです。

What's More 2

先ほど説明したように、三大魔法学校対抗試合が初めて開催されたのは 700 年ほど前のこと。ヨーロッパにある 3 つの魔法学校――ホグワーツ、ダームストラング、ボーバトン――の親善試合として企画されました。5 年ごとに開かれ、開催校は 3 校の持ちまわり。審判は各校の校長たちが務めます。

三大魔法学校対抗試合は開始以来 1792 年に中断されるまで、125 回開催されました。その間の結果は、ホグワーツが 63 回、ボーバトンが 62 回優勝。ダームストラングは残念ながら優勝したことがありません。

この試合の目的は 3 校の親睦を深めることにありますが、競技の中には非常に危険な課題もあり、選手たちが死ぬという結果に終わった試合もありました。1792 年の試合でコカトリス（トカゲの尾をもつ雄鶏のような邪悪な生き物）が興奮して暴れ、3 人の審判がケガをしたのち、とうとう開催が中止されてしまいました。その後、試合を復活させようという試みが何度かありましたが、どれもうまくいかず、1994 年になってようやく 200 年ぶりにホグワーツで開催されました。

第1幕　第11場

The Hogwarts Express, Roof
ホグワーツ特急の屋根

この場面でアルバスとスコーピアスは、走行中のホグワーツ特急から飛び降りようとします。また、私たちはこのシリーズが始まって以来初めて、Trolley Witch のある側面を知って驚くことになるでしょう。

●新しい登場人物

◇ **Ottaline Gambol**［オッタライン・ガンブル］ 元・魔法大臣➡Info #1

◇ **Sirius Black**［シリアス・ブラック］ Harry Potter の後見人（故人）➡Info #2

語彙リスト

whistles (makes a high-pitched sound)　ピューピュー音をたてる

angles (directions)　角度、方向

at that (without doubt)　間違いなく

scary (frightening)　怖い

As I calculate (according to my calculations)　ぼくの計算によれば

approaching (getting close to)　近づく

viaduct (overhead bridge)　高架橋

hike (walk)　遠足

rebel (troublemaker)　反逆者

yay (wow)　うわーっ、いいぞ

water (water below the viaduct)　高架橋の下の水面

Cushioning Charm　クッション呪文 ➡Info #3

snack (something to eat)　スナック、おやつ

nonchalantly (without concern or hurry)　のんきに、のほほんとして

transform (change)　姿を変える

grenade (small bomb thrown by hand)　手榴弾

destination (the place they are supposed to get off)　目的地

cronies (friends)　仲間たち

transfigure (change)　形が変わる

spikes (pointed weapons)　大釘

retake your seats (return to your seats)　席に戻る

remainder (rest)　残り

precise (exact)　まさにこの

pleasure (joy)　喜び

Mollaire　Cushioning Charm をかけるときに唱える呪文➡Info #3

incants (calls)　唱える

desperately (anxiously)　必死に

pinches (grips)　つまむ

Info #1 Ottaline Gambol

1827年から1835年にかけての魔法大臣。マグルのテクノロジーに魅了されていたこの魔女は、生徒たちがマグルの注意をひくことなくホグワーツまで行くにはどうしたらいいかという長年の難問を、汽車の導入によって解決しようとしました。ホグワーツ特急は、この計画によって開発されたのです。

Info #2 Sirius Black

ハリーの父ジェームズ・ポッターの親友のひとりで、のちにはハリーの後見人となりました。シリーズの第1巻から第4巻でハリーの指導者役を務めますが、第5巻 *Harry Potter and the Order of the Phoenix* の神秘部での戦い（Battle of the Department of Mysteries ▶▶ p.36）で殺されてしまいます。

Info #3 Cushioning Charm

落下したときにケガをしないように、クッションの効果を作り出す魔法。また、クィディッチのときに箒（ほうき）の乗り心地をよくするためにも使われます。この魔法をかけるときに唱える呪文は Molliare。「柔らかくする」を意味するラテン語の動詞 *mollio* に由来

第1幕 第12場

Ministry of Magic, Grand Meeting Room
魔法省、大会議室

この場面には、ホグワーツ在学当時のハリーとドラコ・マルフォイの対立を思い出させるようなエピソードが描かれています。ドラコをはじめとするスリザリン生たちは、ハリーが人々の注意をひこうとして嘘ばかりつくオオカミ少年だと思っていたのです。

●新しい登場人物

◇ **Peeves**［ピーヴズ］ ホグワーツに住むいたずら好きのポルターガイスト

語彙リスト

flooded (crowded) あふれ返った
rattle and chatter (make a lot of noise) ガチャガチャ音をたてる
Order (silence) 静粛に
conjure (incant a spell) 魔法で作りだす
pulls silence from the crowd using her wand (the crowd becomes silent when they see her wand) 杖を使って人々から沈黙を引き出す ＊ハーマイオニーが杖を取り出すと、それを見て人々が静かになったという意味。
Extraordinary General Meeting (non-scheduled General Meeting) 異例の全体会議
Battle of Hogwarts ホグワーツの戦い ➡Info #1
brought up (raised) 育てられて
slightest conflict (small confrontations) 戦いについてのごくわずかなこと
allies (followers) 支持者
followed (traced) 跡を追った
distressed (unhappy) 心を痛めて
lost sight of (no longer know their whereabouts) ～を見失った
encouraged (enticed) けしかけた
are aware (know) 気づいて
concerned (worried) 心配して
raise (lift into the air) 挙げる
stores (stocks) 蓄え
interfered (tampered) 不正に干渉されて
ingredients (items for producing potions) （魔法薬の）材料
missing (no longer there) 消えた
Boomslang skin ブームスラングの皮 ➡Info #2
lacewing flies クサカゲロウ ➡Info #2
Restricted Register 使用禁止材料一覧 ➡Info #3
put it down to (blame it on) ～のせいにする
investigate (launch an examination) 調査する
gravest (most serious) 最も重大なこと

lead (encourage) 導く、促す
some trace (small part) わずかな痕跡
This gets a reaction (people respond to this) 人々がこれに反応する
rule it out (dispense with it) 無視する、排除する
Dark Mark 闇の印 ＊Death Eater（死喰い人）であることを示す烙印。
twinge (slight sense of discomfort) うずき、小さな痛み
prejudiced (discriminatory) 偏見を持たれて
Daily Prophet 『日刊予言者新聞』＊魔法界の新聞。
outraged (furious) 憤慨して
charges (rushes) （抗議して）詰め寄る
smack (punch) パンチ
Face it(accept reality) 現実を見ろ
celebrity (fame) 名声
impacts upon (affects) 影響を及ぼす
impression (imitation) もの真似
gossipmongers (people who enjoy gossiping) ゴシップ好き
opportunity (chance) チャンス、好機
defame (hurt the honour of) 名誉を傷つける
ridiculous (stupid) 馬鹿げた
sham (of no consequence) でたらめ
disperse (leave) ちりぢりになって立ち去る
strategy (tactical plan) 戦略

Info #1 Battle of Hogwarts

Battle of Hogwarts（ホグワーツの戦い）がホグワーツの構内で起こったのは、1998年5月2日のこと。それによってSecond Wizarding War（第二次魔法戦争）が終結しました。この戦いで、ハリーとその支持者たちはヴォルデモート卿と死喰い人たちを打ち負かしたのです。詳細は第7巻*Harry Potter and the Deathly Hallows*に書かれています。

Info #2 Boomslang skin

マクゴナガル先生がここであげているのは、魔法薬の材料です。

Boomslang

Boomslang（ブームスラング）はアフリカ原産の小さな毒蛇。その毒は猛毒ですが、その皮はポリジュース薬（Polyjuice Potion ▶▶ p.67）などの材料として使われます。

Lacewing flies

Lacewing fly（クサカゲロウ）は透明の羽をもつ小さな緑色の昆虫。きっちり21日間煮込んで、ポリジュース薬の材料にします。

Info #3 Restricted Register

魔法薬の材料のうち魔法省が取り締まっているもののリスト。このリストにあげられている材料の使用は、厳しく禁じられています。

What's More 3

魔法省はイギリスとアイルランドの魔法界の政府機関。1707年に、前身である魔法使い評議会に代わって創設されました。

魔法界はその存在がマグル界に知られることをあまり好みませんが、魔法省はイギリス政府と定期的にコンタクトを取っています。新しい首相が選出されると、魔法大臣はダウニング街10番地を訪問し、首相に魔法省の役割を説明しています。また、イギリスの王室も魔法界の存在を知っています。

イギリスの首相の執務室には、初代魔法大臣ウリック・ガンプ（1707-18在任）の肖像画が掛けられています。この肖像画には永久粘着呪文がかけられているため、壁から取り外すことができません。魔法界とマグル界の双方に関わる問題が生じた場合、魔法大臣は首相との会見を求めます。その場合、首相はまもなく魔法大臣がやって来ることを、この肖像画によって知らされます。会談は必ず首相の執務室で行われ、魔法大臣はそこへ煙突飛行ネットワーク（Floo Network ▶▶ *p.83*）でやって来ます。一方、イギリスの首相でこれまでに魔法界に足を踏み入れたことのある人はいません。

魔法界の危険な生き物や物品がマグル界に入り込んだ場合、魔法大臣はそれを首相に報告する義務がありますが、それだけでなく、重大事を伝えなければならないこともあります。このような例は *Harry Potter and the Half-Blood Prince* の冒頭で見ることができます。このときは死喰い人がマグルの建造物を破壊したことについて説明するために、魔法大臣が首相を訪問したのでした。首相はこの場面で、それまでに魔法大臣から受けた何度かの訪問を回想しています。最初は首相に就任したばかりのとき。次はアズカバン監獄からシリウス・ブラックが脱獄したとき。その次はクィディッチのワールドカップと三校対抗試合でマグルと関連する問題があったとき。そしてさらに1996年、アズカバンからの集団脱走があったときのことでした。

第1幕 | # 第13場

St Oswald's Home for Old Witches and Wizards
聖オズワルド老人ホーム

この場面は第 14 場への導入部のような働きをし、私たちに St Oswald's Home for Old Witches and Wizards（聖オズワルド老人ホーム）の内部を初めて見せてくれます。

●新しい登場人物

◇ **Wool Women**　聖オズワルド老人ホームの入居者

語彙リスト

as you might hope (as may be expected)　期待どおり

Zimmer frames (appliance for helping the elderly to walk)　歩行補助器

conjured into life (animated with a magic spell)　生き物のように動いて

knitting wool (yarn used to knit scarves, sweaters and other clothes)　毛糸

enchanted into chaos (tangled with the use of a magic spell)　魔法でもつれあって

tango (dance that originated in Argentina)　タンゴ

relieved of the burden (released from the obligation)　重荷から解放されて

And what fun they have (And they certainly do have fun)　そして彼らはなんて楽しんでいることでしょう

amused (entertained)　おもしろがって

let's face it (let's accept reality)　現実と向き合いましょう

wild (very entertaining)　とても楽しい

instantly (immediately)　一瞬にして

slightly depressed (a little dispirited)　少し落ちこんで

miserable (bad-tempered)　みじめな

old sod (old git)　不快な老人　＊sod は「嫌なやつ」を意味するイギリスのスラング。

第1幕 第14場

St Oswald's Home for Old Witches and Wizards, Amos's Room
聖オズワルド老人ホーム、エイモスの部屋

この場面ではタイム・ターナーを使う計画が具体化されるだけでなく、アルバス、スコーピアス、デルフィの運命がいっそう固く結びつけられます。

語彙リスト

irritated (angry) 憤慨して
get this straight (confirm that I understand) このことをはっきりさせる
overhear (eavesdrop on) 立ち聞きする
prompting (encouragement) 促し、励まし
without leave (without permission) 許可なく
interfere (get involved) 干渉する
move along (leave me alone) 立ち去る
undersized (small) 小さな
grown up (adult) おとな
Relying (depending) 依存する
confirmation (proof of existence) 立証
pair of you (both of you) きみたちふたりとも
how much blood is on my father's hands (my father is responsible for so many people's deaths) どれほど多くの血がぼくの父さんのせいで流されたことか
Trust me (believe in me) ぼくを信じてください
raised (louder) （声を）大きくして
ominously (threateningly) 脅かすように
deflates (gives up) しょげる
crushed (beaten) 押しつぶした
mate (friend) 友だち
reluctant (hesitant) 気の進まない
volunteering (offering their services) 自発的に名乗り出る
at risk (in danger) 危険にさらされて
advantage (benefit) 有利な点
What's in it for you? (What do you get out of it?) きみにどんな利点があるのか？
deserve (merit) 値する
emotion (hidden feelings) 感情
injustice (unfairness) 不当なこと
gross (extreme) はなはだしい
deadly serious (very serious) とても真剣な
prepared to accompany them (wouldn't mind going with them) 彼らに付き添う用意がある
gravely (seriously) 重々しく
have it in you (have the courage to achieve success) きみたちに（目的を達成するための）勇気がある

第1幕 | # 第15場

Harry and Ginny Potter's House, Kitchen
ハリー & ジニー・ポッターの家、キッチン

この場面で、ハリー、ロン、ハーマイオニー、ジニーは、ヴォルデモートの復活を指し示す印が本当なのかどうかを話し合っています。またこの場面は、ハリーとドラコ・マルフォイの仲の悪さを、私たちに印象づける働きもしています。

●新しい登場人物

◇ **Cornelius Fudge** ［コーニリアス・ファッジ］元・魔法大臣➡Info #1

語彙リスト

rumours （ドラコの息子スコーピアスがヴォルデモート卿の息子であるという）噂
after he lost Astoria (after Astoria died) ドラコの妻アストリアが亡くなったあと
your husband = Harry
refute (reject) 反論する
allegations (claims) 主張
once and for all (to end the rumours) これっきり、これを最後に
obsessed (unable to believe the truth) とり憑かれて
grieving mess (mentally unstable owing to his grief) 悲しみのあまり混乱している人
his loss (death of his wife) 彼が妻を失ったこと
accuses (blames) 非難する
Oi droopy drawers おい、よれよれのズボン下（のハリー）➡Info #2
The trolls could be going to a party ➡Info #3
ooof (sound of exertion that old people make) よいしょ
rubbish (garbage) くだらないこと
consider it my speciality (believe it (speaking rubbish) is a special skill) （くだらないことを言うのは）ぼくの特技だと思う
Skiving Snackboxes ずる休みスナックボックス ➡Info #4
Skinny (thin) やせこけた、ガリガリの ＊thinと比べてネガティブな意味。
behave (be good) 行儀よくする
form (shape) 形
Apart from (except) ～は別にして
will not be Cornelius Fudge on this one (will not refuse to believe that Voldemort has returned) このことについては私はコーネリウス・ファッジにはならないわ ＊「ヴォルデモートの復活を信じることを拒んだりはしない」という意味。➡Info #1
stick my head in the sand 砂の中に頭を突っ込む ➡Info #5
unpopular (objectionable) 人気がな

い、嫌われる

never ... one for (were never interested in) 〜に関心を持ったことはない

shoots (directs) 投げかける

withering (angry) 相手を萎えさせるような、厳しい

winces (cringes) たじろぐ

swoops (flies) 急降下する

face drops (expression becomes deadly serious) うつむく、深刻な表情になる

made it to (arrived at) 〜に到着する

Info #1 Cornelius Fudge

Cornelius Oswald Fudge は 1990 年から 1996 年まで魔法大臣を務めていました。ハリーとダンブルドアは、三大魔法学校対抗試合中にセドリック・ディゴリーが死んだのち、ヴォルデモート卿が復活したと主張しましたが、Fudge は自分の在任中に大きな問題が起こることを避けたかったので、その主張をどうしても信じようとしませんでした。そのため『日刊予言者新聞』に圧力をかけ、ハリーとダンブルドアの信用を失墜させるキャンペーンを展開させます。ヴォルデモートの姿をその目で見たとき、Fudge はついに自分の誤りを認めざるをえなくなりましたが、魔法界の人々は決して赦さず、Fudge に退任を要求。こうして Fudge は魔法大臣を退任しましたが、その後も魔法省に残って顧問を務め、1997 年に引退しました。

Info #2 Oi droopy drawers

これは何ともわかりにくい文です。ロンは最初ジニーに話かけているのですが、途中でハリーに注意を向け、話題を変えています。ロンが 'Oi droopy drawers.'（おい、よれよれのズボン下のハリー）と言ったのは、他人の注意をひこうとするときの、幼稚なやり方です。この前後の部分を別々の文にして書くとすれば、おそらく次のようになるでしょう。

ロンからハリーへ：

And I'm sorry for his loss, but when he accuses Hermione of spreading the rumours, it makes me angry.（ドラコは気の毒だったよな。でも、噂を広めている張本人だとか言ってハーマイオニーを非難するのは頭に来る）

ロンからハリーへ：

Oi, you! As I always say to Hermione, the evidence that points to Lord Voldemort' s return may be nothing significant at all.（おい、ぼくが彼女〔ハーマイオニー〕にいつも言ってるように、ヴォルデモートが戻って

きたっていう印は、実はまったく何の意味もないかもしれないよ）

このすぐあとに、ハーマイオニーは 'Her?' と聞き返していますが、これは、ロンがそんなことを言っているのを聞いたことがなかったので、「私に（そんなこと言った）？」という意味でこう言ったのです。

Info #3 The trolls could be going to a party

ロンはここで、魔法省の大会議室でハリーが言っていたこと（第1幕第12場）を取り上げ、それらがみなヴォルデモート卿の復活の証拠とは限らない、と言っているのです。ハリーが会議中に言ったことは次のとおり。

We've followed trolls making their way across Europe.
ぼくたちはトロールたちの跡を追ってヨーロッパを横断しました（ロンはトロールたちがパーティーに出かけたのかもしれないと言っている）。
Giants starting to cross the seas.
巨人たちが海を渡りはじめています（ロンは巨人たちが結婚式に出かけたのかもしれないと言っている）。

そしてロンはそのあと、ハリーが悪夢を見た理由、ハリーの傷痕が痛んだ理由について、自分の意見を述べています。

Info #4 Skiving Snackboxes

Skiving Snackbox（ずる休みスナックボックス）はロンの双子の兄フレッドとジョージの発明品です。skive は「しなければならないことを怠ける」という意味。この箱の中に入っているお菓子を食べると、鼻血や発熱などさまざまな症状が出て、やりたくないことをサボるための口実を与えてくれます。残りの半分を食べると症状が消えるので、誰も見ていないときには元気な状態に戻ることができます。

Info #5 stick my head in the sand

あらゆる証拠を無視し、自分の信じたいことをだけを信じる、という意味のイディオム。駝鳥（だちょう）は脅かされると、危険を見ないですむように頭を地面に突っ込むという説に由来します。ただしこの説は事実ではありません。本当は、敵の目に岩のように見せかけるため、駝鳥は身を低くかがめ、首を地面にべったりくっつけるのです。それにもかかわらず、このイディオムはよく使われています。

第1幕 | # 第16場

Whitehall, Cellar ホワイトホールの地下貯蔵室

Whitehall はロンドン・ウェストミンスターの通りの名。ここにはマグルの政府の官公庁が並んでいますが、魔法省の入り口もここにあります。アルバス、スコーピアス、デルフィはホワイトホールのある建物の地下貯蔵室に潜み、よからぬことをたくらんでいます。

語彙リスト

squinting (staring intently) じっと見る
take it (drink it) それを飲む
uber geek (super-nerd) 超オタク
Polyjuice ポリジュース薬 ➡Info #1
brilliant preparation work (amazing work at mixing the potion) 見事な（薬の）調合
transformed (changed into other people) 変身して
thus disguised (concealed in this way) このように変装して
as I understand it (as far as I know) 私の知っている限りでは
vomit (spew) 吐く
Fish doesn't agree with me (I am allergic to fish) ぼくは魚アレルギーなんだ
Consider us warned (thank you for telling us) 教えてくれてありがとう
knocks back (drinks) 一気に飲む
agonising (very painful) 苦痛を感じさせる
quite pleasant (rather delicious) なかなかおいしい
burps (belches) げっぷをする
Take it back (Forget what I just said) いま言ったことは取り消し
overpowering (overwhelming) 圧倒されるような
fishy residue (slight taste of fish) 魚みたいな後味
Double wow! ➡Info #2
No, way, José (Never!) だめだよ！ ＊way が José［ホウセイ］と韻を踏んでいる。アメリカのスラングで、相手の名前が José でなくてもこう言う。
familiar-looking glasses おなじみの眼鏡 ＊ハリー・ポッターがかけているのとそっくりな眼鏡。
swallow (gulp down) 唾をごくりと飲む
racked with pain (in terrible agony) 痛みで苦しんで
turns into (becomes) ～になる
full of drama (dramatically) 演技たっぷりに、大袈裟に
Go to your room 自分の部屋に行きなさい ＊スコーピアスはハリーの話し方を真似ている。
incredibly awful (very bad) 信じられないほどひどい
tossing (throwing) 投げる
cloak (robe) マント
utterly horrible (really awful) 本

当にひどい

bit of a gut growing (getting fat in the tummy) お腹が出ている

Info #1 Polyjuice

Polyjuice Potion（ポリジュース薬）を飲むと、自分以外の誰かに変身することができます。この薬が効くようにするためには、なりたい相手の身体の一部、たとえば皮膚の一部や髪の毛、爪などを薬の中に入れなければなりません。

Info #2 Double wow!

これは Wow! という語を強調しているだけのこと。つまり、Wow! 2 回分ということです。このあとすぐに、ハーマイオニーの姿になっているデルフィが 'Triple wow!' と言っていますが、これは Wow! 3 回分という意味です。

第1幕 第17場

Ministry of Magic, Meeting Room
魔法省の会議室

ここでふたたび、私たちはドラコ・マルフォイとハリーたちとの対立を目の当たりにします。

語彙リスト

pace (walk) 歩く
thoroughly (completely) 徹底的に
tracks (railway tracks (of the Hogwarts Express)) （ホグワーツ特急が通ったあとの）線路
furious (very angry) 怒り狂った
letting down (betraying the trust of) 期待を裏切る
prides herself on (proud of) ～を誇りとする
delivery record (record of having never lost a student on the way to Hogwarts) 生徒たちを（ひとり残らずホグワーツに）送り届けたという記録
instances (events) 事例
made ... aware (notified) ～に連絡した
filing (issuing) （書類などを）提出する
misper 失踪者届 ＊Missing Person Report の短縮語。
merely (just) 単に
matter (situation) 状況
Aurors 闇祓い ➡Info #1
investigating (examining) 調査する
confidence (belief) 確信
cretins (idiots) 馬鹿者
pursuing (following) 追跡する
dare (have the courage) 大胆にも～する
kidnap (abduction) 誘拐
locks eyes (stare at each other) 見つめあう
instil in (teach) 教え込む
undoubtedly (without doubt) 疑いなく
concealing (hiding) 隠す
recommend (suggest) 勧める
argument (fight) 口論
makes brave eye contact (looks courageously into his eyes) 勇気をもって相手の目を見る
profoundly (significantly) 深く
dangerous (risky) 危険な
throw around threats (try to intimidate people) 人々を脅す
roar (shout of frustration) 叫び
missing (lost) 行方不明の
lip curling, every inch his father (curling his lip up exactly like his father) 父親そっくりに唇をゆがめる
sole heir (only descendent) ただひとりの跡取り
plenty = plenty of gold たくさんの金
in reserve (in stock) 蓄えて

constant curse (never-ending jinx)
永遠の呪い

Info #1 Aurors

Auror（闇祓い）は高度な訓練を受けた戦闘のエキスパート。魔法界の警官である彼らの務めは、闇の魔術に関する犯罪を調査し、犯罪をおかした魔女・魔法使いたちを捕らえて裁判にかけることです。Auror という語は「夜明け」「曙光」を意味するラテン語 *aurora* に由来。Department of Magical Law Enforcement（魔法法執行部）の部長であるハリー・ポッターは、Auror たちの長であると言えます。

What's More 4

第 1 幕第 11 場で説明したように、Ottaline Gambol は 1827 年から 1835 年にかけて魔法大臣を務め、マグルのテクノロジーに魅了されていました。Gambol の最大の業績は、ホグワーツの生徒たちを全国から学校まで、どのように運べばよいかという問題を解決したことでした。ホグワーツ特急が導入される以前、生徒たちはイギリスとアイルランド中に計画的に置かれた移動キー（Portkey ▶▶ ***p.55***）を使って、ホグワーツに移動していました。けれども移動キーは移動手段としてあまり有効とは言えず、毎年 3 分の 1 ほどの生徒が、正しい場所に移動できませんでした。また、ひどい揺れのため、移動キーで酔ってしまう生徒たちもいました。煙突飛行粉（Floo Powder ▶▶ ***p.83***）の使用も何度か検討されましたが、ホグワーツのセキュリティ面から考えて、そのたびに却下されました。

1830 年に Gambol は蒸気機関車の利用を思いつき、プロジェクトを進めようとしました。設計図と工法は隠されていて不明なのですが、記憶を消し去るための忘却術が 167 回、そしてそれまでイギリスで使われたうちで最大の隠蔽術が使われたようです。この結果、ある朝ホグズミードの村人たちが目覚めると、自分たちの村に鉄道駅ができていました。また、クルー（鉄道の分岐点にあるイギリスの都市）の列車車庫からは蒸気機関車が 1 編成、なぜか消えていました。従業員は誰も気づきませんでしたが。

第1幕

第18場

Ministry of Magic, Corridor 魔法省の廊下

ロンの姿になったアルバス、ハリーの姿になったスコーピアス、ハーマイオニーの姿になったデルフィ。そしてそこへ本物のハリーとハーマイオニーが登場するので、少し混乱してしまいそうな場面です。

語彙リスト

affect performances (act as if they are actually Harry and Hermione) (スコーピアスはハリーのように、デルフィはハーマイオニーのように) 演技をする

ponder at length (considering carefully) しばらく考える、熟考する

nod (slight bow of the head) うなずき

Minister = Hello, Minister

Veritaserum 真実薬 ➡Info #1

slipped it into (surreptitiously poured it into) こっそりと注ぎ込んだ

indicates (points out) 指し示す

instant and infectious (immediate and spreads swiftly between them) 瞬時に起こり、たちまち伝染する

Invisibility Charm (spell to render a person invisible) 姿を隠すための魔法

tries = tries to open

Alohomora アロホモーラ ➡Info #2

Block her (stop her (Hermione) from entering) ハーマイオニーが入るのを阻止しろ

obviously (clearly) 明らかに

more factors at play (more elements involved) ほかの要素も作用している

kerfuffle (moment of confused movement) 騒動

ends up (finishes) 最後には〜という状態になる

concern (anxiety) 気遣い

no need (not necessary) 必要ない

dwell on it (think about it too much) そのことをあれこれ考える

Better out than in (it is better to say some things than it is to keep quiet) 黙っているよりも話したほうがいい

swinging his hips (moving his hips from side to side) 腰を振る

dodge (duck) ひょいと身をかわす

develops into (becomes) 〜に進展する

struggle (fight) もみ合い

Leaky Cauldron 漏れ鍋 ➡Info #3

relenting (yielding) 気持ちを和らげる

stink pellet 臭い玉 ➡Info #4

Merlin won't help you (God won't help you) マーリンはあなたを助けてくれないわよ

update (provide new information to) 情報を最新のものにする

off the scale(go too far)　やり過ぎ
puckish sense of fun (playful sense of humour)　小悪魔みたいなユーモアのセンス
fish finger (popular frozen seafood consisting of sticks of battered cod)　フィッシュ・フィンガー　＊細長いコロッケのようなタラの揚げ物。イギリスで人気の冷凍食品。
floods (flows)　あふれ出す

Info #1 Veritaserum

Veritaserum（真実薬）は人に真実を洗いざらいしゃべらせる強力な魔法薬。ラテン語 *veritas*（真実）と *serum*（漿液）から造られた語です。serum は英語でも同じ綴りで、意味もほぼ同じ。この魔法薬は Restricted Register（▶▶ *p.*60）のリストに載っており、その使用は魔法省によって厳しく取り締まられています。

Info #2 Alohomora

鍵のかかった扉や窓を開くときに唱える呪文。Thief's Friend（泥棒の友）とも呼ばれます。鍵をかけるための魔法（呪文は Colloportus）を取り消すときにも使われます。

Info #3 Leaky Cauldron

Leaky Cauldron（漏れ鍋）はロンドンにある魔法界の居酒屋兼宿屋。魔法界とマグル界の接点にもなっています。マグルの目には、入ることのできないおんぼろの居酒屋にしか見えませんが、この居酒屋には、魔女・魔法使いが Diagon Alley（ダイアゴン横丁）に行くための入り口があります。Diagon Alley は、魔女・魔法使いたちが利用する店やレストランの立ち並ぶ横町。ホグワーツの生徒たちが教科書などの学用品を買いそろえるのも、この横丁です。

Info #4 stink pellet

stink pellet（臭い玉）は、腐った卵にも似た嫌な臭いのする液体が入った玉。とてももろいので、投げると割れて、ひどい臭いがあたりに漂います。いたずら道具の店で売られており、子どもたちに大人気です。

第１幕 | # 第 19 場

Ministry of Magic, Hermione's Office
魔法省、ハーマイオニーのオフィス

この場面には魔法がいっぱい。強力な魔法がどのようなものかを目の当たりにすることができるでしょう。アルバス、スコーピアス、デルフィが、求めていたものを手に入れたところで、第１幕が締めくくられます。

●新しい登場人物

◇ **Sybill Trelawney**［シビル・トレロウニー］ Harry の在学当時のホグワーツの占い学の教師

語彙リスト

slumps (strength leaves his body)　ぐったりする

impressive (splendid)　すばらしい

high-five (slap hands in a congratulatory manner)　ハイファイブ　＊手を高くあげ、手のひらを相手と打ちあわせて成功や勝利を喜びあう動作。「ハイタッチ」は和製英語。

frown at (look sternly at)　～を見て眉をひそめる

affectionate (loving)　愛情のこもった

distract (redirect her attention)　注意をそらす

conversation starter (ice-breaker)　会話を始めるための話題

produce (give birth to)　生み出す

matter at hand (problem we are working on)　今扱っている問題

My point is (what I mean is)　ぼくが言いたいことは

spots (sees)　見つける

Banned (prohibited)　禁じられた

Cursed (jinxed)　呪われた

Restricted Section　禁書の棚　＊ホグワーツの図書室にある、生徒立ち入り禁止の場所。

then some (and even more)　そのほかにも何冊か

Magick Moste Evile (Magic Most Evil)　『最も邪悪な魔法』(書名)

Fifteen-Century Fiends　『15 世紀の悪魔たち』(書名)

Sonnets on a Sorcerer　『ある魔術師についてのソネット』(書名)

Shadows and Spirits　『影と霊』(書名)

The Nightshade Guide to Necromancy　『降霊術のための闇の指南書』(書名)

quite something (really amazing)　たいしたもの

The True History of the Opal Fire　『オパールの火の真実の歴史』(書名)

The Imperius Curse and How to Abuse It 『服従の呪いとその悪用法』(書名)
lookee = look
Whoah (wow) わあっ
My Eyes and How to See Past Them 『わが目とそのはるか先を見る方法』(書名)
divination 占い ➡Info #1
fascinating (very interesting) おもしろい
BOOK ➡Info #2
disappointing (unexpected) 期待はずれの
fair (pretty) きれいな
Grubby (dirty) 薄汚い
disease (aberration) 病気、異常
riddle (word game providing clues to an answer) なぞなぞ
this planet (earth) この惑星(地球)
grab (clutches) つかむ
eludes (escapes) 逃げる
grasp (clutch) つかむこと
weaponized (booby-trapped) 武器化する
Solve (answer) 解答する
effusively (enthusiastically) 感情をあらわにして、大げさに
Dementors 吸魂鬼 ➡Info #3
Dominating Dementors: A True History of Azkaban 『吸魂鬼を支配する アズカバンの真実の歴史』(書名)
attempts (tries) ～しようと試みる
consume(eat) 食べる
BOOK ➡Info #4
plunges (falls) 倒れこむ
back as herself (having returned to Delphi) 自分の姿に戻って ＊「もうハーマイオニーの姿ではなくなって」という意味。
screaming (shouting in a high-pitched voice) 悲鳴をあげる
The Heir of Slytherin 『スリザリンの後継者』(書名)
scans (looks rapidly at) ざっと目を走らせる
Marvolo: The Truth 『マールヴォロ その真実』(書名)
Marvolo = Tom Marvolo Riddle = Lord Voldemort ▶▶ *p.30* および ➡Info #4
splintering (spluttering) あたりを切り裂くような
BOOK ➡Info #5
creature (animal) 生き物
echo (reflection) 反映、投影
unforeseen (unexpected) 予期されていなかった
constant (continual) 不変の
entwined (connected together) からみあった
emerges (appears) 現れる
THIIIIINK = THINK
violently (aggressively) 荒々しく
powerless (can't prevent being pulled inside) 無力な ＊この場合は「本棚に引きずりこまれていくのに抵抗することができない」
terrifying (extremely frightening) 恐ろしい
re-emerges (emerges again) ふたたび現れる
aside (to one side) 脇に
sunk (defeated) 沈み込んで
frigging (damned) いまいましい
horrifying (terrifying) ぞっとするような
spinning (rotating) 回転する
journey (trip) 旅
cut to black (the stage goes dark) 舞台が暗くなる

Info #1 divination

divination（占い）には手相占い、水晶玉占い、占星術などがあります。ホグワーツにはDivination（占い学）という授業があり、生徒たちは3年生からこの授業を選択することができます。

Info #2 BOOK

ここでは言葉を話す本が謎かけをしています。そのなぞなぞは次のとおり。

The first is in fourth, a disappointing mark
You'll find it in parked but not in park

第1のヒントは「第4のもの」の中に隠されているけれども、それは失望するような結果であると言っています。アルファベットの4つめの文字はD。Dは試験で言えば、落第（F）すれすれのひどい成績のこと。2行目は、parkedの中にはあるけれどもparkの中にはないというのですから、eとdという文字を指しています。つまり、第1のヒントはeとdであり、Dと同じ発音なので、答えはDeになります。

The second is the less fair of those that walk on two legs
Grubby, hairy a disease of the egg

less fairとは「あまりきれいではない」という意味。そして2本脚で歩くのは人間。つまり1行目は「人間のうちあまりきれいではないほう」。2行目は、この本の著者でありこのなぞなぞの作者シビル・トレローニー先生の個人的な意見です。1行目の指しているものは、薄汚なくて毛深く、卵（受精卵）の異常だというのです。となれば、そう、第2のヒントはmen（男性）、というわけです。

And the third is both a mountain to climb and a route to take
A turn in the city, a glide through a lake

第3のヒントは、山（mountain）を意味する別の語で、都市や湖などの周遊と韻を踏む語。都市や湖の周遊はtourですから、それと韻を踏むとなると、tor（高い丘、頂）という語が思い当たります。つまり、最後のヒントはtorということになります。そしてこれらのヒントをひとつにつなげると、De-men-tor（Info #3）となります。

Info #3 Dementor

Dementor（吸魂鬼）は魔法界に存在する最も忌まわしい生き物のひとつ。

周囲の人間から幸福を吸い取り、絶望を生じさせます。その最悪の武器はDementor's Kiss。Dementorからキスをされた相手は、幸福感をすっかり吸い取られ、魂の抜け殻にされてしまいます。ヴォルデモート卿は、彼らを自分の目的のために利用することができました。

Info #4 BOOK

このなぞなぞは、次の台詞でアルバスがすぐに気づいたように、ヴォルデモートの少年時代について語っています。ヒントをひとつひとつ見ていくと、次のようになります。

I was born in a cage

ヴォルデモートは孤児院で生まれました。彼はその孤児院を嫌っていたので、cage（檻）は「孤児院」を比喩で表したものなのでしょう。

But smashed it with rage

ヴォルデモートは孤児院にいたころ、荒れ狂った少年でした。ほかの子どもたちをいじめ、周囲に多くのダメージを与えました。そのダメージを、ここではsmashed it（それを粉砕した）と表現しています。

The Gaunt inside me

ヴォルデモートは半純血（half-blood）の魔法使いでした。つまり、母親は魔女でしたが、父親はマグルだったのです。彼の生まれたときの名前はTom Marvolo Riddle。そして母親の旧姓はGauntでした。したがってこの行は、彼の中に流れる魔法使いの側の血を指しています。

Riddled me free

この行は言葉遊びになっています。riddleには「ふるい分ける」という意味があります。また、父親（と彼の）姓はRiddleでした。つまり、自分の中のGauntがRiddleの部分をriddleして（ふるい分けて）押し出した、と言っているのです。

Of that which would stop me to be

この行は、自分の中のRiddleの部分が、本当の自分になることを妨げていた、と言っています。

Info #5 BOOK

このなぞなぞは、これまでのものよりずっと簡単です。4つの行がただひとつのもの——shadows（影）を指し示しているだけですから。

I am the creature you have not seen

影はときどき、特に子どもの目には危険な生き物（creature）のように見えます。

I am you. I am me. The echo unforeseen

影は誰にでもあるものですが、光の具合で思いがけない形になります。

Sometimes in front, sometimes behind

影のできる位置は、光がどの方向から来るかによって変化します。

A constant companion, for we are entwined

影はいつも私たちとともにあり、私たちの一部でもあります。

第1部

第2幕

第1場 —— 第20場

ream, Privet Drive, Cupboard Under the Stair
arry and Ginny Potter's House, Staircase/Hog
eadmistress's Office/Edge of the Forbidden For
e Forbidden Forest/Edge of the Forbidden Fore
wizard Tournament, Edge of the Forbidden For
4/Hogwarts, Hospital Wing/Hogwarts, Stairca
warts, Headmistress's Office/Hogwarts, Defen
nst the Dark Arts Class

第２幕 第１場

Dream, Privet Drive, Cupboard Under the Stairs
夢、プリベット通り、階段下の物置

第２幕はハリーの見ている夢で始まります。場面はハリーがホグワーツに入学する前のダーズリー家（Dursleys ▶▶ *p*.47）。Privet Drive はダーズリー家がある場所で、Cupboard Under the Stairs（➡Info #1）は当時ハリーの寝室だった場所です。この場面を見ればおわかりのように、ハリーはいじめられ、奴隷のように扱われていました。

語彙リスト

DISGRACE (shameful)　恥さらし
bearing down on him (leaning over him)　彼の上にかがみこんでいる
decent (upstanding)　立派な
limp (ineffectual)　無能な
succeeding (achieving success)　成功する
grease smears (oily smudges)　油の汚れ
scuff marks (scratches)　擦り傷
scrubbing (cleaning)　ごしごしこすってきれいにすること
wet the bed (urinated during sleep)　おねしょする
unacceptable (not satisfactory)　受け入れがたい
disgusting (horrible)　嫌な
slightest (tinniestl)　ほんのわずかな
Adkava Ad-something Aca bra-Ad ➡Info #2
snake hissing　蛇がシューシュー音をたてる ➡Info #3
reset herself (gather her composure)　落ち着きを取り戻す
reliving (remembering)　思い出す
screech of brakes (noise of a car skidding)　ブレーキのキーッと鳴る音 ➡Info #4
horrific thud (scary noise of a collision)　恐ろしい衝突音 ➡Info #4
Lord spare you (may God be merciful and not let you know the details)　主がおまえを助け、詳しいことを知らずにいられるようにしてくださいますように
strip those sheets (pull the sheets off the bed)　シーツをはがす
with a bang (slamming the door)　バン！とドアを閉めて
contorts (changes shape)　ゆがむ
twists (bends)　ねじ曲がる
Parseltongue　蛇語 ➡Info #5

Info #1 Cupboard Under the Stairs

cupboardには「食器棚」という意味だけでなく、家の中の「物置」という意味もあります。上の階へ行く階段があるイギリスの家には、必ずと言っていいほどcupboard under the stairs（階段の下の物置）があります。ここにはふつうコートや掃除機、アイロン台、ふだんはあまり使わない物などをしまっておきます。階段の下は当然、斜めになっているので、物置の一方の端は割合とスペースが広くても、もう一方の端にかけて徐々に狭くなっています。ホグワーツ入学前にダーズリー家に住んでいたころは、ここがハリーの寝室でした。

Info #2 Adkava Ad-something Acabra-Ad

ハリーがAvada Kedavraという呪文を聞きまちがえたもの。Avada KedavraはKilling Curse（死の呪い）をかけるときに唱える呪文です。魔法界で最も凶悪な呪文のひとつで、ヴォルデモートがハリーの両親を殺すときに使ったのは、この呪文でした。この語源は、古代近東の言語であるアラム語 *abhadda kedhabhra* で、その意味は「この語のように消えよ」。病気を治療するために医者が使っていたまじないの言葉と考えられており、人を殺すために用いたという証拠は残っていません。*abhadda kedhabhra* は英語にとり入れられて今ではabracadabraという形になり、手品師や子どもたちがよく使います。

Info #3 snake hissing

ヴォルデモートはNaginiと呼ばれる緑色の巨大な雌蛇を飼っていました。ヴォルデモートはこの蛇と密接な関係がありました。なぜならこの蛇を、自分の魂の一部をしまっておく容器にしていたからです。この容器はHorcrux（分霊箱）と呼ばれ、これを用いれば身体が死滅しても生き返ることができるようにしてあったのです。ハリーの両親が死んだとき、Naginiはその場にいました。そのようなわけで、ハリーには蛇のたてるシューシューという音が聞こえたのです。

Info #4 **screech of brakes / horrific thud**

ダーズリー夫妻はハリーに、両親が死んだのは交通事故のせいだと信じこませてきました。ダーズリー夫妻は魔法界をひどく嫌い、ハリーがその世界に入り込むことを何としても食い止めようとしたからです（▶▶ p.47〔Dursleys〕）。ペチュニア伯母さんはこのふたつの表現を用い、ハリーの両親は交通事故で死んだのだと強調しているのです。

Info #5 ***Parseltongue***

Parseltongue（蛇語）は蛇の話す言葉。この言葉を話せる魔女・魔法使いはParselmouth（蛇語使い）と呼ばれています。この能力は魔法界でも稀にしか見られず、ふつうは遺伝によるものです。Parselmouthのほとんどは、ホグワーツではスリザリン生ですが、ハリーはグリフィンドール生であったにもかかわらず、この能力を授かっていました。

第2幕　第2場

Harry and Ginny Potter's House, Staircase
ハリー＆ジニー・ポッターの家の階段

ハリーは目を覚まし、夢から現実に戻ります。夢で見たある場面から、ハリーとジニーはアルバスのいる場所の手がかりを得ます。

語彙リスト

exhaustion (tiredness)　疲労

palpable (tangible)　手で触れられるほど明らかな

overwhelming (overpowering)　圧倒的な

Lumos　ルーモス　＊明かりをつけるための呪文。▶▶ *p.52*

under the stairs (in the cupboard under the stairs (in the dream))　階段の下（の物置）に

Durmstrang robes　ダームストラングのローブ ➡Info #1

Info #1　Durmstrang robes

ハリーが夢の中でダームストラング（Durmstrang ▶▶ *p.54*）のローブを着ているアルバスの姿を見たことから、ハリーとジニーはある手がかりを得ました。ダームストラングの生徒たちがイギリスを訪れたのは、最近では1994年から1995年にかけて開催された三大魔法学校対抗試合のときだけです。ということは、アルバスは時間をさかのぼり、ダームストラングの生徒を装ってこの試合に出ようとしているのではないか——ハリーはそう考えたのです。

第2幕 第3場

Hogwarts, Headmistress's Office
ホグワーツの校長室

前の場面で得た手がかりについて調べるために、ハリーとジニーはホグワーツにやって来ました。会話の中にForbidden Forest (➡Info #1) が出てくるのは、その森のはずれで三大魔法学校対抗試合が行われたからです。

語彙リスト

Forbidden Forest 禁じられた森 ➡Info #1

give you (assign to help) あなたの支援に当たらせる

Professor Longbottom ロングボトム先生➡Info #2

knowledge of plants 植物の知識 ➡Info #3

rumble (deep reverberating noise) ガタガタいう音

chimney (smokestack to a fireplace) 煙突

tumbles out (falls out) 転がり出る ➡Info #4

persuaded (convinced) 説得した

put out (issue) 発行する

very sensible (a good idea) 非常に賢明な

bursts in (crashes in) 駆けこんでくる

soot (coal smut from a chimney) 煤

gravy-stained (stained with gravy) 肉汁で汚れた

Floo 煙突飛行➡Info #4

glares (stares angrily) にらむ

cascading (pouring) なだれ落ちる

Minerva = Professor McGona gall

I dare say(I am sure) あえて言う

Info #1 Forbidden Forest

Forbidden Forest（禁じられた森）はホグワーツ魔法魔術学校の敷地の外側を縁取っています。この森は非常に古く、たくさんの生き物が隠れすんでいます。その中にはとても邪悪で危険な生き物もいます。魔法生物飼育学の授業が時々この森で行われたほかは、ここはホグワーツの生徒たちにとって立ち入り禁止の場所となっています。

Info #2 Professor Longbottom

Neville Longbottom（▶▶ p.24）は、ホグワーツにいた当時のハリーの同級生。グリフィンドール生であったネビルはハリーと親しくなり、1998年のホグワーツの戦いではとても重要な役割を演じました。Second Wizarding War（第二次魔法戦争）のあと、ネビルは短期間闇祓い（Auror ▶▶ p.69）になり、その後ホグワーツに戻って薬草学（Herbology ➡Info #3）の教師となりました。

Info #3 knowledge of plants

ネビル・ロングボトムはホグワーツのHerbology（薬草学）の先生であることからもわかるように、植物のことをよく知っています。Herbologyはホグワーツの生徒たちの必修科目であり、薬草やその他の草木、きのこの育て方や効能について学びます。禁じられた森には、危険な植物も含めてさまざまな植物が生えているので、ハリーとジニーが森の中に入っていくつもりならばロングボトム先生がよいガイド役になるだろうと、ここでマクゴナガル先生は言っているのです。

Info #4 Floo

魔法界の移動手段のひとつはFloo Network（煙突飛行ネットワーク）です。これはひとつひとつの暖炉を結んだネットワークで、魔女・魔法使いたちは暖炉から暖炉に移動することができます。このネットワークは次のように利用します。まずFloo powder（煙突飛行粉）と呼ばれる粉をひと握り、自分の家の暖炉の炎の中に振りかけます。すると炎は冷たくなって、エメラルドグリーンに。そしてその炎の中に立ち、行きたい場所を叫ぶと、その場所の暖炉に移動できるのです。

第２幕 第４場

Edge of the Forbidden Forest
禁じられた森のはずれ

この場面では、タイム・ターナーで過去にさかのぼる前に、アルバスが魔法をかける練習をしています。

語彙リスト

face each other (stand face-to-face)　顔と顔を合わせて立つ

Expelliarmus　エクスペリアームス ➡Info #1

getting it (becoming more capable)　習得する

posh (sophisticated)　気取った

You're a positively disarming young man ➡Info #2

something clicked (the technique suddenly became clear)　ものごとが突然わかってきた

quite some (particularly proficient)　時別に熟達した

stick around (stay near)　近くにいる

Wizzo (fantastic)　すてき！

decisively (with commitment)　決然とした態度で

cracked the spell (learned how to do the spell)　その魔法のかけ方がわかった

over-enthusiastic (with too much eagerness)　やたらと熱を込めて

secret (key)　秘訣

mess up his chances supremely badly (absolutely decimate his chances)　彼のチャンスを徹底的に台無しにする

task one = The first task of the Triwizard Tournament　三大魔法学校対抗試合の第１の課題

getting a golden egg from a dragon　ドラゴンから金の卵を奪う ▶▶ p.90

distract (divert)　注意を逸らす

double act (comedy skit)　お笑いコンビの掛け合い

It's always two points with him ➡Info #3

significant (important)　重要な

going back (returning in time)　（時間を）さかのぼる

fade into the background (become inconspicuous)　背景の中に消え去る、目立たないようにする

flattered (pleased to be complimented)　ほめられてうれしい

pretend to be a student　学生になりすます　＊デルフィは、学生になりすますには自分が歳を取りすぎていると思っている。

tamer (trainer)　調教師

upset (disappointed)　うろたえて

trust (rely on) 信頼する
woodland (forest) 森
pale (white) 青ざめた

Info #1 Expelliarmus

Disarming Charm（武装解除術）をかけるときに唱える呪文。相手から武器を取り上げるこの呪文は、ふたつのラテン語 *expello*（追い払う）と *arma*（武器）に由来します。expel arms（武器を取り払う）という英語も、これにそっくりですね。

Info #2 You're a positively disarming young man

ここは言葉遊びになっています。disarm という語は動詞として使われる場合と形容詞として使われる場合で、まったく意味が違ってきます。動詞の場合は「武器を取り去る」という意味なので、Expelliarmus の目的そのものですが、disarming という形で形容詞として使われる場合は、「魅力的な」「異性をひきつけてやまない」「好感のもてる」という意味になります。とはいえ、この disarming は少し古めかしい語なので、使うのはおもに年配の人たちです（positively という副詞と組み合わせた場合は特に）。ここでデルフィが気取った声（posh voice）でこの台詞を言っているのは、年配のご婦人の気取った口調を真似ているからなのです。

Info #3 It's always two points with him

デルフィはここで、スコーピアスには何かについて two points（ポイントがふたつある）と言う癖がある、と言っています。スコーピアスが最初にこの台詞を言ったのは、第１幕第 16 場。これからポリジュース薬を飲もうとしているときのことでした。

第2幕 # 第5場

The Forbidden Forest 禁じられた森

この場面で、ハリーは20数年ぶりにある生き物に会います。そしてこの生き物がハリーにある予言をします。

●新しい登場人物

◇ **Bane**［ベイン］ 禁じられた森にすむケンタウルス ➡ Info #1

語彙リスト

thicker (less distance between the trees) 木々が生い茂った

missing wizards 行方不明の魔法使いたち ＊アルバスとスコーピアスを指す。

melt away (move away in different directions) 徐々に消え去る

hooves (horse feet) ひづめ

startled (shocked) 驚いて

magnificent (wonderful) すばらしい

centaur ケンタウルス ➡ Info #1

recognise me (remember what I look like) ぼくのことが誰だかわかる

trespass (enter without permission) 不法侵入する

enemies (foes) 敵

fought (past-tense of fight) 戦った

bravely (courageously) 勇敢に

Battle of Hogwarts ホグワーツの戦い ▶▶ *p.*59

herd (group) 群れ

honour (glory) 名誉

deemed (designated) 〜と見なされて

permission (our agreement) 許可

stupid (foolish) 馬鹿な

imperiously (arrogantly) 傲慢に

benefit (advantage) 利益

divined (understood) 予知した

endanger (threaten) 危険にさらす

makes hard away (gallops off swiftly) すばやく走り去る

bewildered (perplexed) 狼狽した

fervour (motivation) 熱心さ

Info #1 Bane

Bane はケンタウルス（centaur）です。ケンタウルスとは、下半身が馬の姿、胴体と腕と頭が人間の姿をした神話上の生き物。Bane は知性が高く、星の動きを読んで未来を予言することができます。非常に誇り高く、魔女や魔法使い、そしてマグルのことさえ嫌っています。それにもかかわらず、Bane をはじめとするケンタウルスの群れは、ホグワーツの戦い（Battle of Hogwarts ▶▶ *p.59*）でハリーたちを助けて戦いました。とはいえ、最初から参戦していたわけではなく、ハグリッド（Hagrid ▶▶ *p.50*）から「臆病者」と呼ばれて恥じ入り、最後の段階になってようやく戦いに加わったのでした。

What's More 5

占いは、ベインたちケンタウルスの得意分野です。ホグワーツの禁じられた森にすむケンタウルスたちは、魔女・魔法使いたちとあまり接触することがありませんが、フィレンツェという名前のケンタウルスは 1996 年から 1998 年にかけて、ホグワーツの占い学の教師に任命されました。占いは未来を予見するための魔法ですが、魔法の中で最も軽視されています。マクゴナガル先生は占いが不正確だと言っています。また、ダンブルドア先生はシビル・トレローニーを、有名な予見者カッサンドラ・トレローニーの曾々孫であるという理由でホグワーツの占い学の教師に採用しましたが、そうでなかったなら、占い学という科目を廃止していたに違いありません。

占いにはさまざまな方法があります。珍しい方法としては、tessomancy（カップに残ったお茶の葉で占う）、ovomancy（卵を割り、黄身が殻のどちらに入るかで占う）、xylomancy（放り投げた枝の落ちる向きで占う）などがあげられるでしょう。けれどもケンタウルスたちの占いは、それよりも正確なようです。彼らの占いは天文学に基づくもので、天体の動きによって未来を予見します。もっとも、惑星の動きの意味を理解するまでに何十年もかかることがありますが。

第２幕

第６場

Edge of the Forbidden Forest
禁じられた森のはずれ

アルバスとスコーピアスはまだ禁じられた森のはずれにいます。絆をいっそう強め、タイム・ターナーを使う勇気を奮い起こそうとしているのです。

語彙リスト

round (moved around)　曲がる
gap (interval)　隙間
glorious (magnificent)　輝かしい
tingle(sensation of excitement)　興奮
revealed (seen)　現れた
splendid mass (impressive block)　見事な（建物の）集まり
bulbous (rounded)　球根のような、丸い
desperate (eager)　～したくてたまらない
tragedy (disaster)　悲劇
befallen (affected)　降りかかる
get up to mayhem (have adventures and cause trouble)　騒動を起こす
crazily fortunate (unbelievably lucky)　信じられないぐらい幸運な
mayhem to the nth degree (maximum level of having adventures and causing trouble)　最高レベルの騒動　＊nthは「n番目の」「n乗の」。数がわからないほどはなはだしく多いことを示す。
tiny (little)　少し
close proximity (nearby)　近くに
vibrate (shake)　振動する
storm of movement (erratic movement)　激しい動き
giant whoosh (large burst)　大きな爆発
smash of noise (loud noise)　音の一撃
spooling (running)　巻く

第2幕 第7場

Triwizard Tournament, Edge of the Forbidden Forest, 1994
1994年、三大魔法学校対抗試合、禁じられた森のはずれ

アルバスとスコーピアスは、タイム・ターナーを使って1994年11月24日にやって来ました。これは三大魔法学校対抗試合のFirst Task (➡Info #1)が行われた日です。

●新しい登場人物

◇ **Ludo Bagman = Ludovic Bagman**［ルードヴィク・バグマン］ 三大魔法学校対抗試合の司会者➡Info #2

◇ **Viktor Krazy Krum = Viktor Krum**［ヴィクター・クラム］ ダームストラング校の生徒➡Info #3

◇ **Fleur Delacour**［フラー・デラコー］ ボーバトン校の生徒➡Info #4

◇ **Charlie Weasley**［チャーリー・ウィーズリー］ Ronの兄 ➡Info #5

語彙リスト

riot of noise (extremely noisy) 大騒音

consumes (absorbs) 飲み込む

Sonorus ソノーラス ➡Info #6

fabulous (fantastic) すばらしい

cheer (shouts of support) 声援

Durmstrang = Durmstrang Institute ダームストラング専門学校 ▶▶ p.54

BEAUXBATONS = Beauxbatons Academy of Magic ボーバトン魔法アカデミー ▶▶ p.54

limp cheer (less eager shout of support) やや元気のない声援

enthusiastic (eager) 熱烈な

gait (swaggering walk) 足取り

playing (imitating) なりすます

zut alors ➡Info #4

applause (clapping) 拍手

weaky at the kneesy = weak at the knees 膝がガクガクな、腰抜けな ➡Info #8

Cedric Delicious Diggory = Cedric Diggory

crowd go wild (audience cheer loudly) 観衆が大歓声をあげる

Boy Who Lived = Harry Potter 生き残った男の子 ▶▶ p.45

Harry Plucky Potter = Harry Potter ＊pluckyは「勇敢な」の意味。

noticeable (obvious) それとわかる、明らかな

Retrieving (acquiring) 取ってくる

DRAGONS ドラゴン ➡Info #7

guiding (leading) 連れてくる
lose (waste) 無駄にする
Swedish Short-Snout スウェーデン・ショートスナウト種 ➡Info #7
readies (prepares) 準備する
swoon (faint) 気絶する
ticking (noise like a clock) チクタク音をたてる
incessant (persistent) 絶え間ない
skirts (moves swiftly) 素早く動く
up his sleevies = up his sleeves 袖の中に隠す ➡Info #8
extending (holding out) 突き出す
Expelliarmus エクスペリアームス ＊敵から武器を取り去る呪文。

▶▶ p.85

summoned (called) 呼び出されて
entirely (completely) まったく
disarmed(no longer has a weapon) 武器を取り上げられて
Diggors = Diggory
crescendo (build-up) クレッシェンド、だんだん増すこと
flash (sudden bright light) 閃光
hollering (screaming) 叫ぶ
invaded (becomes full) 侵入されて
side parting (hair parted on one side of his head) 横分け（の髪）
wardrobe choices (sense of fashion) 服の選択、ファッション感覚
staid (subdued, unfashionable) くそ真面目な、ダサい
blankly (uncomprehendingly) ぽかんとして
disbelievingly (without comprehension) 信じられないというように
collapses (falls) 倒れる

Info #1 First Task of the Triwizard Tournament

三大魔法学校対抗試合の第1の課題は、1994年11月24日に行われました。その目的は、ドラゴンが守っている金の卵を取ってくること。結果は次のとおりでした。

セドリック・ディゴリー

セドリックの課題は、Swedish Short-Snout（➡Info #7）から卵を取ってくること。セドリックはドラゴンの注意をそらすために、変身術の呪文を使って岩を犬に変えました。ドラゴンを完全にだますことができたわけではありませんでしたが、それでもセドリックは何とか卵を手に入れることができ、課題を通過することができました。

フラー・デラクール ➡Info #4

フラーの課題は、Common Welsh Green（➡Info #7）から卵を取ってくること。フラーはドラゴンを寝かしつけましたが、ドラゴンの吐き出した炎のいびきでフラーのスカートが炎上。それでもフラーは炎を消し去り、何とか卵を手に入れて、課題を通過することができました。

ビクトール・クラム（➡Info #3）

ビクトールの課題は、Chinese Fireball（➡Info #7）から卵を取ってくること。ビクトールはConjunctivitis Curse（結膜炎の呪い：相手の目を見えなくする魔法）を使って卵を取ろうとしましたが、目の見えなくなったドラゴンがパニックを起こし、ほかの卵の半分を踏みつぶしてしまったため、減点されてしまいました。

ハリー・ポッター

ハリーの課題は、Hungarian Horntail（➡Info #7）から卵を取ってくること。ハリーは魔法で自分の空飛ぶ箒（ほうき）を手元に呼び寄せ、それに乗って卵を取ってくることができました。ただし肩を負傷してしまったため、減点されてしまいました。

Info #2 Ludo Bagman

Ludovic Bagmanは魔法省Department of Magical Games and Sports（魔法ゲーム・スポーツ部）の元・部長。魔法省に入省する前はプロのクィディッチ選手で、イギリス代表選手も務めました。誰もが知るギャンブル好きで、たびたび借金の返済に困窮。1995年には魔法省をやめざるをえなくなり、借金を踏み倒されて怒り狂っている子鬼たちから逃げ出しました。1994年の三大魔法学校対抗試合では、司会者を務めています。

Info #3 Viktor ‘Krazy’ Krum

ダームストラング校の代表選手。1976年にブルガリアで生まれ、ダームストラング校に進学。クィディッチのブルガリア代表チームのメンバーでもありました。Krazyは彼の名前の一部ではなく、ルード・バグマンがつけたニックネームです。

Info #4 Fleur Delacour

ボーバトン校の代表選手。1977年にフランスで生まれ、ボーバトン校に進学。FleurにはVeela（男性たちの心を惑わせる美しい種族）の血が混ざっています。その名前はフランス語で「宮廷の花」の意味。つまり、高貴な家系の出身であることがほのめかされています。Fleurを紹介する前にルード・バグマンが言ったフランス語*zut alors*は「くそっ！」という意味。なぜここでこんなことを言っているのかといえば、alors（sは無声音）がDelacourと韻を踏んでいるからです。

Info #5 **Charlie Weasley**

ウィーズリー家（Weasley family ▶▶ *p.26*）の次男であり、Ron の兄。1991 年にホグワーツを卒業したのち、ルーマニアでドラゴンの研究をしています。第 1 の課題で用いられるドラゴンをホグワーツに移送する責任者を務めました。

Info #6 ***Sonorus***

マイクロフォンを使わずに声を大きくする呪文。「やかましい」を意味するラテン語に由来。

Info #7 **DRAGONS**

ドラゴンはほぼ全世界の神話や伝説に登場します。イギリスでもドラゴンが登場する伝説は数多くあり、イギリスで最も有名な伝説の王 King Arthur の父は Uther Pendragon。Pendragon は「ドラゴンの長」を意味します。けれどもイギリスで最も有名なドラゴンは、St George が退治したドラゴンでしょう。St George はこの功績によって、のちにイングランドの守護聖人とされました。グリフィンドール寮の紋章もやはりドラゴンです。

魔法界にはさまざまな種類のドラゴンが登場します。その中でも三大魔法学校対抗試合に登場するドラゴンを紹介しましょう。

Swedish Short-Snout（スウェーデン・ショートスナウト種）

スウェーデン原産。銀色がかった青色の鱗（うろこ）を持ち、鮮やかな青い炎を鼻から噴き出します。

Common Welsh Green（ウェールズ・グリーン普通種）

イギリス原産の 2 種のドラゴンのひとつ。体は緑色で、頭のてっぺんにとがった角が 2 本生えています。

Chinese Fireball（中国火の玉種）

唯一のアジア原産のドラゴン。体はつややかな緋色、顔は金色の棘で縁どられ、目が突き出ています。

Hungarian Horntail（ハンガリー・ホーンテール種）

ハンガリー原産。ドラゴンの中で最も獰猛で、吐き出す炎は 15 メートルにもなります。体を覆う黒い鱗、先端が矢の形をした棘だらけの尾が特徴。

Info #8 up his sleevies

up one's sleeve は「隠す」を意味する比喩表現。手品師がさまざまな道具を袖の中に隠し、ここぞというときにそれを取り出して魔法のように見せることに由来します。つまり、ルード・バグマンはここで、「セドリックはわれわれにどんなトリックを見せてくれるのだろうか」と言っているのです。sleeves が sleevies という誤った綴りになっているのは、バグマンが Diggory の名前の最後の y と語呂を合わせているためでしょう。ここより前でも、バグマンは同じような語呂合わせで weaky at the kneesy と言っています。

What's More 6

ドラゴンは魔法界で最も危険な生き物のひとつ。ドラゴンを調教したり家畜化したりすることは不可能と言われています。それにもかかわらず、研究のためにドラゴンを手なづけている人たちもいます。ロン・ウィーズリーの兄チャーリーは、ホグワーツを卒業後、ドラゴンを研究するためにルーマニアに渡り、ドラゴンを飼育しています。

魔法界には 12 種類のドラゴンが存在しています。三大魔法学校対抗試合に登場する Swedish Short-Snout、Common Welsh Green、Chinese Fireball、Hungarian Horntail 以外の 8 種は次のとおり。

Antipodean Opaleye：真珠色の鱗、多彩色の眼をもつ。
Hebridean Black：体長約 9 メートル。尾の先が矢のような形。
Norwegian Ridgeback：Hungarian Horntail と似ているが、鱗は茶色がかっている。
Peruvian Vipertooth：知られているドラゴンとしては最小。赤銅色の鱗。
Romanian Longhorn：深緑の鱗。金色の角が 2 本生えている。
Ukrainian Ironbelly：知られているドラゴンの中で最も重く、体重は 6 トン。
Catalonian Fireball：首に沿って 2 列の棘があり、頭には角が 2 本。
Portuguese Long-Snout：Catalonian Fireball と似ているが、それよりも鼻が長く角が鋭い。

第２幕　第８場

Hogwarts, Hospital Wing ホグワーツの病棟

第１幕第４場でも説明したように、ホグワーツの肖像画の中の人物は動くことができ、肖像画から肖像画に移動することができます。この場面でハリーは、肖像画を通してダンブルドア先生の霊と、息子のことで話をしています。また、ハリーとアルバスの断絶がますます深まっていくようすも描かれています。

●新しい登場人物

◇ **Madam Pomfrey**［マダム・ポンフリー］　ホグワーツの校医

語彙リスト

troubled (worried)　心配して
spotted (seen)　見られて
dropped in on (visited)　訪問する
Headmistress = Professor McGonagall　（女性の）校長
lately (recently)　最近
frame's (picture frame has)　額縁
pop into (briefly visit)　〜に立ち寄る
been out (been unconscious)　意識不明の
reset his arm　彼の腕を接ぎなおす ➡Info #1
most contrary (strangest)　まったく正反対
Candidly (frankly)　率直に言って
weight (burden)　重荷
digest (comprehend)　消化する、理解する
sensitivity (delicacy)　微妙な気配り
blessing (good fortune)　祝福、ありがたいこと
gossip (rumours)　ゴシップ、噂
struggling (experiencing problems)　問題を抱えている
difficult (difficult to control)　気難しい
formed the impression (come to the decision)　〜という印象を持った
blinded (hampered)　盲目になって
wounding(hurting)　傷つける
mumbles (speaks incoherently)　もごもご言う
opinion (comment)　意見
discombobulated (disconcerted)　困惑して
recuperation (recovery)　快復
what to prescribe　どんな薬を処方するか➡Info #2
engage (respond)　関与する
chunk (block)　塊
confused (unable to understand)　困惑して
flexes (moves the muscles)　曲げる
soft (quietly)　柔らかな、優しい
liar (capable of not speaking the truth)　嘘つき
pleasant (comfortable)　心地よい
fit in (conform)　適合する

encourage (persuade) 勧める
aura (atmosphere) オーラ
in the first place (at the beginning) そもそも、最初に
profound (prolific) 深遠な
resurgence (returning) 復活
get up to no good (be naughty) よからぬことをする➡Info #3
permanent (everlasting) 永遠に続く
attempt (try) 試みる
fix you with a spell (cast a spell on you) おまえに魔法をかける
investigations (examinations) 調査
true heritage ((Scorpius's) real parentage) 真の継承 ＊スコーピアスが本当は誰の子であるか、という意味。
obey (do what I say) 言いつけに従う

Info #1 reset his arm

マダム・ポンフリーがアルバスの腕をresetしようとしていると書かれていますが、このことからアルバスの腕の骨が折れていることがわかります。このあとの文を見れば、確かにそうであることがわかるでしょう。resetとは「接骨」、つまり折れたあとでおかしな具合につながってしまった骨を、もう一度折って正しくつなぎなおすことです。

Info #2 what to prescribe

prescribeはprescription（処方箋）の動詞形で、医師や看護師が患者に薬を処方することを意味します。ハリーによれば、マダム・ポンフリーがアルバスによく効くかもしれないと言っているのはチョコレート。たぶんとても効き目があるのでしょうね。

Info #3 get up to no good

ここでハリーが言っているのは、Marauder's Map（忍びの地図）のことです。この地図にはホグワーツ城と敷地内が詳しく描かれ、その中で動いているすべての生き物の位置が示されます。marauderとは、強盗や略奪などの悪事を働く人のことですが、「ハリー・ポッター」シリーズでは、罪のないいたずらをする人、といった程度の意味で使われています。この地図を使いはじめるときの言葉が'I solemnly swear that I am up to no good.'（われ、ここに誓う。われ、よからぬことをたくらむ者なり）、最後に地図を白紙に戻すときの言葉が'Mischief managed.'（いたずら完了）であることからも、それがわかる

でしょう。ハリーはここで、マクゴナガル先生がアルバスの行動を見張るために Marauder's Map を使うだろうと言っています。

What's More 7

ホグワーツには魔女・魔法使いの肖像画がいたるところに飾られています。どの肖像画にも、描かれた直後に魔法がかけられているので、肖像画の人物はまるでまだ生きているかのように動くことができます。話し方や動作の癖はもとの人物とそっくりですが、彼らには限界があり、新しい考えを思いつくことはできません。ホグワーツの肖像画の人物で最も個性的なのは、グリフィンドール塔の入り口を守っている「太った婦人」と、ホグワーツ城の8階にいるカドガン卿でしょう（ただし1993年に「太った婦人」が修復に出されているあいだは、カドガン卿がグリフィンドール塔に移されていました）。

グリフィンドール塔に入るには、「太った婦人」に合言葉を言わなければなりません。合言葉を正しく言うことができれば、肖像画が扉のように開き、中に入ることができます。「太った婦人」は自分の仕事をとても真剣に受け止めているので、夜遅く帰ってきて眠りを妨げる生徒たちを容赦しません。また、時には肖像画からいなくなり、大広間に通じる小部屋に掛けられた肖像画の友人バイオレットを訪ねます。ふたりは飲み食いや噂話が大好きで、酔った修道士の肖像画の中でワインを一樽飲み干してしまったこともありました。

カドガン卿はアーサー王の円卓の騎士のひとりであったと信じられています。太ったポニーにまたがったカドガン卿の肖像画は、占い学の教室に通じる廊下の端に掛けられています。カドガン卿には、自分の前を通りすぎる人がすべて敵に見えるという困った癖があり、人々に絶えず決闘を挑んでいます。カドガン卿が「太った婦人」の代わりにグリフィンドール塔の入り口を守っていたときには、文句を言う生徒たちが絶えませんでした。カドガン卿は一日に何度も合言葉を変えてしまい、しかもその合言葉がどれも非常に複雑だったのです。

第2幕 第9場

Hogwarts, Staircases ホグワーツの階段

この場面でアルバスは、タイム・ターナーを用いた計画が期待通りの結果をもたらさなかったことに気づきます。歴史を思いがけない形に変えてしまい、以前知っていたのとは違う現実の中に戻ってきてしまったのでした。

●新しい登場人物

◇ **Padma = Padma Patil**［パドマ・パティル］ Harry の在学当時のホグワーツの生徒。もうひとつの現実の中では Ron Weasley の妻 ➡Info #1

◇ **Panju**［パンジュ］ もうひとつの現実の中での Ron Weasley と Padma Patil の息子 ➡Info #1

語彙リスト

pursues (hurries after) 追いかける

side parting now super-aggressive (side parting of his hair closer to his ear) 今や極端な横分けの髪型

spectacularly staid (incredibly unfashionable) 見事なまでにダサい

supremely (deeply) 深く

caught you (ran across you) 捕まえた

get well soon (gift for people who are ill) お見舞いの品

set of quills (set of pens made from bird feathers) 羽根ペンのセット

bad boys ➡Info #2

Top of the range (top quality) 最高品質の

Taken a Confundus Charm to the head (been hit in the head with a Confundus Charm) 頭に錯乱の術をかけられた ▶▶ *p.26*

minty (like peppermint) ミントのような

Howler 吼えメール➡Info #3

insisted (forced me) 主張した

Conveniently (appropriately for his own designs) 都合よく

old chap (my friend) 友よ

bet (gambled) 賭けた

spite (prove him wrong) 困らせる

Bloody hell (Oh, my God) おやまあ

stumbles on (walks off clumsily) よろめく

not even an inch of the man he was (nothing at all like the man he was (in the original timeline)) ほんの1インチも（本来のタイムラインでの）ロンではない

feigning (pretending) （他人の）振りをする

cured (recovered) 治った

heart breaks (becomes deeply disappointed)　心が砕ける、ひどくがっかりする

mad (angry)　腹を立てた

gibberish (rubbish)　たわごと

torn between (caught between supporting)　～のあいだで引き裂かれて

Info #1　Padma

第4巻 *Harry Potter and the Goblet of Fire* の中では、三大魔法学校対抗試合の第1の課題のあと、ホグワーツでは Yule Ball と呼ばれるクリスマスのダンスパーティーが開かれました。ハーマイオニーはこのパーティーにビクトール・クラムと一緒に参加したので、ロンはそのことにひどく嫉妬。この後、ハーマイオニーを追いかけることになり、最終的にはハーマイオニーと結婚することになります。ところがもうひとつの現実の中では、ハーマイオニーはアルバスとスコーピアスがセドリック・ディゴリーの妨害をしているところを見てしまいました。アルバスたちがビクトール・クラムに命じられてこのような妨害工作をしたのだと勘違いしたハーマイオニーは、ロンと一緒にパーティーに参加。嫉妬に突き動かされることのなかったロンは、ハーマイオニーへの本当の思いに気づくことができなかったため、Padma Patil と恋に落ち、やがて結婚しました。そしてふたりのあいだに生れた息子が Panju です。

Info #2　bad boys

最近イギリス英語に入ってきたアメリカのスラング。見かけとは裏腹に、bad boy は人や物が「とてもよい」という意味で使われます。ここの場合、ロンはアルバスにお見舞いの品として持ってきた羽根ペンのセットのことを「すごくいいね」と言っているのです。

Info #3　Howler

Howler（吼(ほ)えメール）は、ふつうふくろうによって配達される赤い封筒に入った手紙。開封すると送り手の大きな声（ふつうは怒りの声）が鳴り響きます。それがすむと赤い封筒は燃え上がってしまいます。「怒鳴る」を意味する英語 howl に由来。

第2幕 第10場

Hogwarts, Headmistress's Office
ホグワーツの校長室

この場面も、もうひとつの現実の中で展開されます。ここに登場するハリーは、私たちが知っているハリーよりも暗く激しい性格に描かれています。

語彙リスト

purpose (determination)　決意
Marauder's Map　忍びの地図
▶▶ *p.95*
far be it from me to doubt (it is not my right to question)　疑うつもりはまったくない
twist the constellations (read the stars wrongly)　星座を（自分の都合がいいように）ねじ曲げて読む
for his own ends (for his own benefit)　自分の目的のために
with finality (in a way that ends the conversation)　きっぱりと
checked (examined)　調べられて
hex (spell)　呪い
represent (act on behalf of)　～の代わりをする
memoir (something to remember him/her by)　記念物、記念碑
support mechanism (supportive tool)　サポートの手段
advised (notified)　助言されて
enormous (massive)　巨大な
teaching profession (education industry)　教職
reveal to (show)　～に見せる
come down on (exact revenge)　～に襲いかかる
force (power)　権力
bewildered (perplexed)　当惑して
vitriol (angry words) 痛烈な言葉
unsure of what he's become (wondering why he is displaying such a strong character)　彼がどんな人間になってしまったのかわからなくなる

第2幕 # 第11場

Hogwarts, Defence Against the Dark Arts Class
ホグワーツ、闇の魔術に対する防衛術の授業

引き続きもうひとつの現実の中での場面。ここに登場するハーマイオニーは、私たちが知っているハーマイオニーとはまったく別人で、Defence Against the Dark Arts (➡Info #1) の教師をしています。

語彙リスト

absconder (escaper) 逃亡者
For my sins (as a penance for being bad) 罪の償いとして
Patronus Charm 守護霊（パトローナス）の呪文 ➡Info #2
titters (giggles) くすくす笑い
Losing patience now (I'm becoming angry) もう我慢できません
Ten points from Gryffindor グリフィンドールから10点減点➡Info #3
affront (indignation) 憤り
deliberately (on purpose) 故意に
sighs (takes a deep breath) ため息をつく
join her (follow her example and sit down) 彼女に倣う
charade (party game) パーティーのゲーム
mean (unpleasant) 意地の悪い
assure (confirm to) 確信させる
limited popularity (small number of friends) 人気のなさ、友だちの少なさ
disappointing bunch (frustrating class of students) 失望させるような生徒の集まり
invisible friend (imaginary friend) 目に見えない友だち、空想上の友だち
interrupts (disturbs) 邪魔をする
projection (outpouring) 投影
deepest affinity (closest friendship) 最も深い親密さ

Info #1 Defence Against the Dark Arts

Defence Against the Dark Arts（闇の魔術に対する防衛術）はホグワーツの教科のひとつ。邪悪な魔法や生き物から身を守る方法を教わります。また、一対一の戦いになった場合に身を守るための攻撃の方法も教わります。

Info #2 Patronus Charm

Patronus Charm（守護霊の呪文）は守護霊（パトローナス）を呼び出す呪文で、唱える言葉は expecto patronum。2 語から成る数少ない呪文のひとつで、どちらの語も英語から容易に類推できるでしょう。*expecto* は expect（期待する）を意味するラテン語、*patronus* は patron（守護者）を意味するラテン語。つまり、この呪文を唱える人は、その場に守護霊が現れることを期待できるというわけです。

Info #3 Ten points from Gryffindor

イギリスの学校ではよく house point system（点数制）が用いられています。学年度末にいちばん高い点を取得している寮に、賞として House Cup が授与されます。そして翌年の最優秀寮が決まるまでの 1 年間、寮内（ふつうは談話室、時にはトロフィー室）に飾っておくことを許可されます。得点は、寮対抗のスポーツの試合の成績や学業成績のほか、さまざまな理由によって与えられますが、校則を破ったり教師に反抗したりすれば、その都度、減点されてしまいます。点数制の目的は、生徒にチームプレーの感覚を身につけさせ、自分勝手な行動でチームを失望させたときには屈辱感を味わわせること。また、教師たちには、風紀を維持するための安全な武器を与えること。点数制はこうした二重の役割を担っているのです。

第2幕 **第12場**

Hogwarts, Staircases ホグワーツの階段

引き離されてしまったアルバスとスコーピアスが感じている悲しみを描いた短い場面。ホグワーツの staircases (➡Info #1) の特徴も紹介されています。

語彙リスト

slumps (crouches) かがむ
sweeps (moves laterally) 横方向に動く
gestures (indicates with a wave of her hand) 手振りで示す
slopes off (moves off in a distracted manner) うなだれて立ち去る
abject (deep) 絶望的な、悲惨な
meet (draw together) 合流する、つながる
moment is broken (connection between them fades) (心がつながったかのように見えた) その瞬間は消え去る
part (move away from each other) 分かれる
guilt (remorse) 罪悪感

Info #1 moving staircases

ホグワーツの各階を結ぶ階段は動いていて、位置が変わります。ふつうは生徒たちが上の階に行くときや下の階に行くときに動きます。これはホグワーツ創立者のひとりでレイブンクロー寮の守護者 Rowena Ravenclaw が 1,000年以上も昔に考案した階段ですが、なぜこのような階段にしたのか、その理由は定かではありません。

第2幕　第13場

Harry and Ginny Potter's House, Kitchen
ハリー & ジニー・ポッターの家、キッチン

引き続きもうひとつの現実の中での場面。ドラコ・マルフォイがハリーを訪ねてきて、息子スコーピアスが悲しんでいることを訴え、なぜスコーピアスとアルバスを引き離したのか、その理由をハリーに問い詰めます。

語彙リスト

warily (cautiously)　用心深く
argument due (fight brewing)　今にも口論になりそうな
Saved by the door　ドアによって救われた ➡Info #1
consumed by anger (furious)　怒りに駆られて
antagonise (make you angry)　怒らせる
in tears (crying)　涙に暮れる
school timetables (class schedules)　授業の時間割
implying (suggesting)　ほのめかす
dead in the eye (straight in the eye)　目をまっすぐに（見る）
square up (assume fighting stances)　身構える
release their wands (fire spells from their wands)　杖から呪いを噴出させる
repel (resist each other's spells)　はじく、反発しあう
break apart (become free again)　ばらばらになる
Incarcerous　インカーセラス➡Info #2
blast (shot)　噴出
Tarantallegra　タラントアレグラ ➡Info #3
sloppy (out of practise)　（技量などが）鈍った
Densaugeo　デンソージオ ➡Info #4
Rictusempra　リクタスセンプラ ➡Info #5
Flipendo　フリペンド ➡Info #6
twirling (spinning)　回転する
wear it better (look younger)　若く見える
Brachiabindo　ブラチアビンド ➡Info #7
bound (tied)　縛られて
Emancipare　エマンシパーレ ➡Info #8
Levicorpus　レビコーパス ➡Info #9
Mobilicorpus　モビリコーパス ➡Info #10
bounces (moves up and down)　弾ませる
Obscuro　オブスキュロ ➡Info #11
blindfold (item preventing him from seeing)　目隠し
ducks (crouches)　ひょいと身をかがめる
suspended (floating)　宙吊りになって、

浮遊して
signals (gestures)　身振りで指示する
Drier than dry (extremely sarcastically)　これ以上ないほど皮肉をこめて

Info #1 Saved by the door

よく使われるイディオム saved by the bell をもじったものです。ボクシングに由来するこのイディオムは、一時的な猶予を与えられれば、回復のチャンスがあるという意味。bell はラウンド終了を告げるゴングのこと。つまり、次のラウンドが始まるまでのあいだ、ボクサーたちは休息を取ることができるわけです。ここで使われている saved by the door は、誰かが訪ねてきてドアをノックしてくれたおかげで、ハリーとジニーの口論が中断され、それ以上激しくならずにすんだということです。

Info #2 Incarcerous

相手を捕らえるために使う呪文。この呪文を唱えると、杖の先からロープが飛び出して、相手を縛りあげることができます。「投獄する」「監禁する」を意味する英語 incarcerate に由来しますが、語尾に -ous をつけてラテン語風にしてあります。

Info #3 Tarantallegra

相手を踊らせる呪文。あまりに足の動きが早いので、相手はバランスを崩してしまいます。tarantella は 8 分の 6 拍子のテンポの早いイタリアの舞曲。allegra は「快活に」「速い速度で」を意味する音楽用語 allegro に由来。

Info #4 Densaugeo

相手の歯をやたらと成長させてしまう呪文。ラテン語 *dens*（歯）と *augeo*（増加する）に由来。英語の dentist（歯科医）も *dens* から派生しています。

Info #5 Rictusempra

相手をくすぐり、笑いを止まらなくさせる呪文。ラテン語 *rictus*（大きく開いた口）と *semper*（常に）に由来。*rictus* はそのまま英語にもなり、意味も同じ。

Info #6 Flipendo

Knockback Jinx（ノックバックの呪い）をかけるときに唱える呪文。敵を宙返りさせながら撃退します。英語の flip（ひっくり返す）と end（末端）に由来。

Info #7 Brachiabindo

相手を縛りあげる呪文。「上腕部」を意味するラテン語 *brachia* と「縛る」を意味する英語 bind に由来。

Info #8 Emancipare

Brachiabindo の反対呪文。つまり、束縛を解いて身動きできるようにする呪文です。「束縛から解放する」を意味するラテン語 *emancipare* から。

Info #9 Levicorpus

相手を空中浮揚させる呪文。ラテン語 *levitas*（軽さ）と *corpus*（身体）に由来。*levitas* は英語 levitate（空中浮揚させる）の語源でもあります。

Info #10 Mobilicorpus

気絶している人など、何らかの理由で動けなくなってしまった人の身体を動かす呪文。Mobili の部分は「動かせる」を意味する英語 mobile に由来し、*corpus* は「身体」を意味するラテン語です。ここの場合、ドラコはこの呪文を使ってハリーの身体をテーブルの上でバウンドさせています。

Info #11 Obscuro

この呪文のもととなったのは、「視界をぼやけさせる」を意味する英語 obscure です。ここの場合は、ドラコに目隠しをするために使われています。

第2幕 | # 第14場

Hogwarts, Staircases ホグワーツの階段

ふたたびホグワーツの階段の場面ですが、今回そこにいるのはスコーピアスとデルフィです。

語彙リスト

scurries in (arrives in a rush) 駆けこむ

technically (according to the rules) 規則によれば

endangering (placing at risk) 危険にさらす

entire operation (complete plan) 計画全体

lax (inefficient) 手ぬるい、いい加減な

corridors (hallways) 廊下

half-headless strange-looking ghost ほとんど首無しの奇妙な姿の幽霊 ➡Info #1

unwell (sick) 身体の具合が悪い、病気の

advertise (tell everyone) みんなに知らせる

tragic case (a person who demands sympathy) 悲劇的なケース

registers with **Scorpius** (makes Scorpius realize that he is acting like a "tragic case") スコーピアスに気づかせる ＊デルフィの言葉から、スコーピアスは自分が tragic case のようにふるまっているらしいと気づいた、という意味。

ducks (hides) 身をかわす、隠れる

casual (nonchalant) 何気ない、さりげない

determined (motivated) 決意する

skewwhiff (strange) ねじれた

figured out (discovered) ～であるとわかる

absence (fact that you (Scorpius) are not with him) 不在

shoulder to cry on (person to listen to his problems) 寄りかかって泣くための肩、悩みごとを聞いてくれる友人

invented (created) 造り出した

Flurry フラリー ＊スコーピアスの空想上の友人。

fell out (had an argument) 口論した、仲たがいした

Gobstones ゴブストーン ➡Info #2

Info #1 half-headless strange-looking ghost

デルフィがここで言っているのは、グリフィンドールにすみついている幽霊 Sir Nicholas de Mimsy-Porpington のことです。あるいは、Nearly Headless Nick（ほとんど首無しニック）と呼んだほうが馴染み深いかもしれません。ニックは 1492 年、ある貴族の女性の歯並びを直そうとして魔法をかけたのですが失敗し、女性には牙が生えてしまいました。その結果、斬首刑に処せられることに。ところが首が完全には落ちなかったので、このように呼ばれるようになったのでした。

Info #2 Gobstones

ビー玉に似た魔法界のゲーム。失点すると、嫌なにおいの液体をかけられてしまいます。

What's More 8

サー・ニコラス・ド・ミムジー＝ポーピントンは、グリフィンドール寮にすみついている幽霊です。15 世紀にマグルの貴族の家に生まれ、11 歳でホグワーツに入学したグリフィンドール生であったこと以外、その子ども時代については知られていません。マグルとの交流を好んでいたサー・ニコラスは、ホグワーツを卒業後、魔法界を離れ、いくつか功績をたてたあと騎士の称号を与えられ、ついにはヘンリー 7 世の廷臣にまで任じられました。レディ・グリーブという貴婦人に魔法をかけ、誤って牙を生やしてしまったかどで処刑されたのち、本人の告白によれば死ぬのが怖かったので、あの世へ行くのではなく、幽霊となって魔法界に戻りました。サー・ニコラスの受けた斬首刑はかなり悲惨なものでした。処刑執行人の斧がよく切れなかったため、死ぬまでに 45 回も切りつけられたのです。しかも、それでもなお首を完全に切り落とすことはできませんでした。このために、彼はグリフィンドールの生徒たちからたちまち「ほとんど首無しニック」と呼ばれるようになり、それ以来、みんなの人気者となっています。

第２幕 | 第15場

Harry and Ginny Potter's House, Kitchen
ハリー & ジニー・ポッターの家、キッチン

この場面で、ハリーとドラコはジニーの見守る中で停戦協定を結びます。

●新しい登場人物

◇ **Crabbe = Vincent Crabbe**　Draco のホグワーツ在学当時のスリザリン生

◇ **Goyle = Gregory Goyle**　Draco のホグワーツ在学当時のスリザリン生

語彙リスト

far apart (long distance from each other)　遠く離れて

reach him (gain his confidence)　彼（の心）に届く、彼の信用を得る

take the word (believe)　信じる

haughty (disdainful)　高慢な

envied (been jealous of)　うらやましく思った

lunks (thick-headed boys)　うすのろ

shone (glittered)　輝いていた

第2幕 第16場

Hogwarts, Library ホグワーツの図書室

この場面は比較的長く、アルバスとスコーピアスはここで、もうひとつの現実の中ではなぜものごとがこんなに違ってしまったのかを解明しようとしています。そしてある決断をするに先立ち、ふたりはいっそう結束を強めます。

●新しい登場人物

◇ **Rita Skeeter**［リタ・スキーター］『日刊予言者新聞』の記者であり、伝記作家 ➡Info #1

語彙リスト

Yule Ball クリスマス・ダンスパーティー ➡Info #2

behaved like a prat (acted like an idiot) 頭がおかしくなったみたいにふるまった

Rita Skeeter's book リタ・スキーターが書いた本 ＊ハリー･ポッターの伝記。➡Info #1

Ssshhh (be quiet) しいっ、静かに

drops his volume (lowers his voice) 声を小さくする

dating (seeing each other) デートする

psychopath (person with poor social skills and a lack of empathy) 精神病質者

suspicions (doubts) 疑い

two strange Dumstrang boys ふたりの見知らぬダームストラング生 ＊ダームストラング生になりすましたアルバスとスコーピアスを指す。

cost (caused him to lose) 損失を被らせた

all-important (essential) 何よりも重要な

LIBRARIAN (library curator) 図書館司書

Professor Croaker's law クローカー教授の法則➡Info #3

ripples (waves) さざ波

fix it (repair it) それを修復する

snatches (grabs) つかむ

wrestle (grapple) 取っ組み合う

inexpertly (amateurishly) 素人っぽく、不器用に

losers (ineffectual and useless people) 敗者、何をやってもダメな人

upper hand (advantage) 優勢

pins (holds down) 押さえつける

make a proper go of it (do it correctly) それをうまくやる

chip on his shoulder (grudge) けんか腰

saviour (protector) 救世主

ruined (destroyed) 破壊した

digests (absorbs)　（意味を）飲み込む
exasperated (irritated)　苛立って
identifies (locates)　特定する、確認する
block (bar)　妨害する
skirt (move)　避けて通る
stole (thieved)　盗んだ
remarkably (very)　際立って、とても
trunk (suitcase)　トランク、スーツケース
combination (number of the lock)　錠の合わせ番号
avoiding (keeping away from)　避ける
currently (presently)　今、現在
capable (able)　〜できる
To the depths of your belly, to the tips of your fingers (throughout your whole body)　腹の底まで、指の先まで　＊ここではアルバスがスコーピアスに「きみはどこまでも親切だ」と言っている。
moved (touched)　心を動かされて、感動して
sort that out (deal with that)　処理する
compared (in comparison)　比較して
comparatively (relatively)　比較的
interrupting (breaking in)　相手の話に割り込む
apologies (saying sorry)　お詫びの言葉
fulsome (substantial)　たっぷりの
quit (stop)　やめる
argument (fight)　口論
humiliation (embarrassment)　屈辱
knowledge (wisdom)　知識、知恵
spectacular (amazing)　すばらしい
sparkly (glittering)　きらきら光る

Info #1　Rita Skeeter

『日刊予言者新聞』の記者であったRita Skeeterは、スキャンダルや中傷記事を書きたてるタブロイド記者の典型でした。また、伝記作家でもあり、ダンブルドアについての暴露的な伝記*The Life and Lies of Albus Dumbledore*（『ダンブルドアの生涯と嘘』）のほか、ダンブルドアの前任のホグワーツ校長Armando Dippetやセブルス・スネイプ、ハリー・ポッターの伝記を書いています。skeeterという語は「蚊」を意味するスラングで、うるさくつきまとい、人をいらだたせる彼女の性格をよく表しています。

Info #2　Yule Ball

三大魔法学校対抗試合の伝統行事で、第1の課題と第2の課題のあいだのクリスマスの夜に行われた、フォーマルなダンスパーティー。パーティーの開幕にあたり、代表選手たちがパートナーとともに、チャンピオン・ワルツに合わせて踊るのが伝統となっています。このパーティーに参加できるのは

4 年生以上ですが、それより下の学年の生徒たちでも、上級生から招待されれば参加することができます。

Info #3 Professor Croaker's law

Professor Croaker's law（クローカー教授の法則）とは、時間を前に戻しても重大な害を及ぼさないようにするためには、戻す時間を 5 時間以内にとどめること、という原則です。Professor Croaker は魔法省神秘部に終身雇用されていました。

第2幕

第17場

Hogwarts, Staircases ホグワーツの階段

　もうひとつの現実の中でも、ロンはやっぱりハーマイオニーに弱い――そのことを見せるという目的のためだけに設けられている場面です。

語彙リスト

consumed (thinking deeply about something)　考えごとをしながら

expression (face)　表情

heart leaps a bit (becomes a little excited)　心臓がほんの少し飛び上がる、ほんの少し興奮する

showing off (playing to an audience)　見せびらかす

moustache (hair on the upper lip)　口ひげ

suit (look good on)　似合う

facial growths (hair on the face)　顔のひげ

combed (neatened with a comb)　櫛でとかした

smallest inch (tiniest bit)　ほんのわずか

finer arts (subtle techniques)　巧みなわざ

grooming (maintenance)　手入れ

第2幕 | # 第18場

Hogwarts, Headmistress's Office
ホグワーツの校長室

場面はふたたびマクゴナガル先生の部屋。ハリー、ジニー、ドラコがそこに集まって、息子たちに何が起こったのかを解明しようとしています。

語彙リスト

on her own (alone) ひとりきりで
taps (gently hits) 軽くたたく
Mischief managed いたずら完了
＊忍びの地図(Marauder's Map▶▶ *p.95*)の使用を終了するときに唱える言葉。
rattling (sound of something shaking) がたがたいう物音
vibrate (shake) 震える
first through the fireplace Floo Network (▶▶ *p.83*) で暖炉に最初に到着した人物
dignified (graceful) 品位のある
want no part of it (do not want to be involved) それに巻き込まれたくない
interfere in (tamper with) 〜に干渉する
studies (stares intently at) じっと見る
sincerity (truthfulness) 偽りのなさ、真剣さ
I solemnly swear that I'm up to no good われ、よからぬことをたくらむ者なり ＊忍びの地図(Marauder's Map ▶▶ *p.95*)を使い始めるときに唱える言葉。
lit into action (becomes animated) 動きはじめる
What on earth (what in heaven' s name) いったい何を

第２幕 第 19 場

Hogwarts, Girls' Bathroom
ホグワーツの女子トイレ

第２巻 *Harry Potter and Chamber of Secrets* では、girls' bathroom on the first floor（➡Info #1）とそこに取り憑いている幽霊が重要な役割を演じましたが、このトイレと幽霊はシリーズのほかの巻にも登場しています。

●新しい登場人物

◇ **Moaning Myrtle = Myrtle Elizabeth Warren** マートル・エリザベス・ウォーレン］ 嘆きのマートル。ホグワーツの２階の女子トイレに取り憑いている女の子の幽霊 ➡Info #2

語彙リスト

Victorian sink (bowl for washing the hands made during the Victorian era) ヴィクトリア時代の洗面台

Engorgement 肥らせ魔法➡Info #3

fishes (withdraws) つかみ取る

Engorgio エンゴージオ➡Info #3

bolt (flash of lightning) 閃光

blows up (increases in size) 膨張する

engorgimpressed (very impressed) すごく感心した

second task （三大魔法学校対抗試合の）第２の課題➡Info #4

Bubble-Head Charm 泡頭呪文 ➡Info #5

jet (spurt) 噴出

ascends (rises) 立ちのぼる

MOANING MYRTLE 嘆きのマートル➡Info #2

genius (prodigy) 天才

soft spot (affectionate feeling) 特別な愛着

moderately partial to (quite fond of) ～がわりと好き

pipes (drainage pipes) 排水管 ＊マートルがトイレからほかの場所に移動するのに使っている。

specifically (in detail) 厳密に言えば

shame (pity) 残念なこと

pretty one ハンサムな人 ＊セドリック・ディゴリーを指す。

doing love incantations (casting love spells) 愛の魔法をかける

weeping (crying) 泣く

a soul (anyone) 人

Cross my heart and hope to die （約束を守ると）神にかけて誓う ＊直訳は「胸に十字を切り、（約束を守らないぐらいなら）死を望む」

the equivalent = the equivalent of dying for ghosts （すでに死んでいる）幽霊にとって死ぬのに等しいこと

breaks every bylaw (in violation

of all building standards)　建築基準の規則をすべて破る

antiquated (old, out-of-date)　古い、旧式の

piped (moved by pipe)　パイプで送られて

dumping (throwing down)　投げ捨てる

foliage (leaf-like substance)　葉っぱ（のようなもの）

Gillyweed　鰓昆布 ➡Info #6

caught out by the clock (tricked by the Time-Turner)　タイム・ターナーの罠にはまる

consulting (checking)　調べる

trinket thingy (ornament-like thing)　アクセサリーのようなもの

aged (grown older)　歳をとる

dishy (handsome)　ハンサムな

horrified (astounded)　ぞっとして

naughty (bad)　手に負えない、いたずらな

Info #1　girls' bathroom on the first floor

ホグワーツの２階にあるこの女子トイレは、1943年にMyrtle Warren（➡Info #2）という女子生徒がここで死んだときから故障中です。Myrtleはそれ以来、ずっとここに取り憑いています。このトイレには、秘密の部屋（Chamber of Secrets ▶▶ *p.172*）への入り口があります。この部屋に入るためには、蛇語（Parseltongue ▶▶ *p.80*）で「開け」と言わなければなりません。そうすると洗面台が床の中に沈みこみ、秘密の部屋に通じるトンネルが現れます。ちなみに、イギリス英語のfirst floorは日本でいえば「2階」に相当します。

Info #2　Moaning Myrtle

Myrtle Elizabeth Warrenは1940年から1943年まで、ホグワーツのレイブンクロー生でした。ハーマイオニーと同じように、Myrtleもマグル生まれの魔女でした。1943年のある日、いじめられたMyrtleが女子トイレに閉じこもって泣いていると、トム・リドル（少年時代のヴォルデモート）が入ってきて、蛇語（Parseltongue ▶▶ *p.80*）で話しはじめました。これは洗面台の奥の隠れ場所から、「スリザリンの怪物」として知られるバジリスクを呼び寄せるためです。女子トイレに男子が入ってきたことに腹を立てたMyrtleは、トム・リドルを追い出そうとしたところ、バジリスクと目が合ってしまい、その結果、ただちに死んでしまいます。死後、Myrtleはこのトイレに取り憑き、Moaning Myrtle（嘆きのマートル）と呼ばれるようになりました。いつも不平ばかり言っていることから名づけられたこのニックネームを、Myrtleはあ

まり好んではいませんが、この場面を読むと、確かに嫌がっていることがよくわかりますね。

Info #3 Engorgement

相手を肥らせる魔法。唱える呪文 Engorgio は「満腹にさせる」「ふくらませる」を意味する英語 engorge に由来しますが、語尾に -io をつけてラテン語風にしています。

Info #4 Second task

三大魔法学校対抗試合の第 2 の課題（second task）は、1995 年 2 月 24 日に行われました。この課題は、ホグワーツの湖にもぐり、さらわれて湖の底に縛りつけられている人質を 1 時間以内に連れもどす、というものです。人質になっているのは、それぞれの代表選手にとって親しい人物です。その結果は次のとおりでした。

セドリック・ディゴリー

セドリックの人質はガールフレンドの Cho Chang。セドリックは Bubble-Head Charm（➡Info #5）を使い、誰よりも早く Cho を救い出すことができました。

フラー・デラクール

フラーの人質は妹の Gabrielle。フラーも Bubble-Head Charm（➡Info #5）を使いましたが、Grindylow（水魔）たちに襲われ、リタイアしなければならなくなりました。

ビクトール・クラム

ビクトールの人質はハーマイオニー。ビクトールは自分の身体の一部を鮫に変身させ、ハリーの助けも借りて、ハーマイオニーを救い出すことができました。岸辺に戻ったのは 2 番目。

ハリー・ポッター

ハリーの人質はロン。ハリーは Gillyweed（➡Info #6）を使い、ロンだけでなく、フラーの人質 Gabrielle まで救い出しました。このために時間も労力も余分にかかり、ハリーがふたりを連れて岸辺に戻ったのはいちばん最後でした。

ハリーは戻った順位も得点も最下位でしたが、審判たちはその後、ふたりの人質を救出したハリーの道徳心を評価し、ハリーに特別な加点を与えることに決定。この結果、第２の課題が終った時点での順位は、ハリーとセドリックが同点１位、ビクトールが第２位、フラーが３位となりました。

Info #5　Bubble-Head Charm

Bubble-Head Charm（泡頭呪文）は、透明なヘルメットのような泡で頭を覆う魔法。この泡が酸素を供給してくれるので、この泡に包まれた人は酸素のないところでも呼吸することができます。

Info #6　Gillyweed

Gillyweed（鰓昆布）は地中海原産の魔法の植物。これを食べるとあごのあたりには鰓が、手足の指のあいだには水掻きができます。そのおかげで水中で呼吸ができ、すいすい泳げるようになります。Gillyweedという語は、gilly（鰓）とweed（植物、海藻）とをつなげたもの。

第2幕　第20場

Triwizard Tournament, Lake, 1995
1995年、三大魔法学校対抗試合、湖

私たちは1995年、三大魔法学校対抗試合の第2の課題の場面へ時間をさかのぼります。そしてその後、もうひとつの現実の中の「現在」に戻った私たちは、暗く陰気なホグワーツを目の当たりにすることに。

●新しい登場人物

◇ **Dolores Umbridge** ［ドローリス・アンブリッジ］ もうひとつの現実の中でのホグワーツの校長 ➡Info #1

語彙リスト

Descending (moving lower) 下降する

graceful ease (elegant, easy strokes) 優雅に楽々と

getting in to (becoming more motivated) やる気になる、ノリノリになる

they're off (they have started) 彼らはスタートした

ever plucky (always courageous) いつも勇敢な

treat (privilege) もてなし、特別な楽しみ

cruise (move at a steady pace) 安定した速度で動きまわる

confused (uncomprehendingly) 混乱して

glows gold (is bathed in a gold colour) 金色に輝く

entirely panicked (in a complete panic) 完全なパニック状態で

helplessly (unable to prevent himself) やむをえず

seemingly (apparently) 一見したところ

wilder still (even more strange) ますます激しくなっていく

declaiming (announcing) 告げる

tragedy (misfortune) 悲劇

widely (broadly) 大きく

triumphant (exultant) 勝ち誇った

treads water (maintains a stationary position in the water) 立ち泳ぎをする

whisper (low voice) ささやき

audience (people watching the play) 観客

dilly-dally (waste time) のらくらする

rest in peace 安らかに眠る ➡Info #2

perpetual (never-ending) 永遠の

despair (anguish) 絶望

troublemaker (rebel) 面倒なことを引き起こす人

auditorium (inside of the theatre) （劇場の）観客席

Dementors 吸魂鬼 ▶▶ *p.74*
deadly (dangerous) 恐ろしい、危険な
forces (powers) 力
feared (afraid of) 恐れられる
suck the spirit (absorb all happiness) 魂を吸い込む
unmistakeable (familiar) 間違えようのない
swallowed (drunk) 飲み込んだ
Mudblood 穢れた血 ＊マグルから生まれた魔女・魔法使い。➡Info #3
coup (coup d' état) クーデター

Dumbledore terrorists ダンブルドアのテロリストたち ＊アンブリッジの側から見た Dumbledore's Army の呼び方。➡Info #4
overthrew (defeated) 打ち負かす
ruining (spoiling) 台無しにする
Voldemort Day ヴォルデモートの日 ＊もうひとつの現実の中での、魔法界の祭日。
monstrously (incredibly) ものすごく
banners (flags) 旗
snake symbols (illustrations of snakes) 蛇のシンボル

Info #1 Dolores Umbridge

Dolores Umbridge は魔法省の官僚で、純血ではない魔女・魔法使いを軽蔑していました。第 5 巻 *Harry Potter and the Order of the Phoenix* で初めて登場し、その中では闇の魔術に対する防衛術の教師として、ホグワーツに派遣されています。その後、魔法省に戻って Muggle-born Registration Commission at the Ministry of Magic（マグル生まれ登録委員会）の委員長、Hogwarts High Inquisitor（ホグワーツ高等尋問官）に就任。多くの無実な人々に残虐な迫害を加えました。

Info #2 rest in peace

この「安らかに眠る」という意味のシンプルなフレーズから、ハリーがホグワーツの戦いで死んでしまい、このもうひとつの現実の中では今や存在しないことがわかります。ハリーが peace（安らぎ）の中ではなく perpetual despair（永遠の絶望）の中にいるようにと願っているドローレス・アンブリッジの言葉には、その嫌な人柄がよく表れていると言えるでしょう。

Info #3 Mudblood

Mudblood（穢れた血）は、マグルの家系に生まれた魔女・魔法使いに対する蔑称。マグルの家系の魔女・魔法使いが持つ魔法の能力は、純血の魔女・魔法使いに劣るものでは決してありませんが、ヴォルデモートは彼らに強い偏見を持ち、彼らを劣った種族だと考えています。

Info #4 Dumbledore terrorists

第5巻*Harry Potter and the Order of the Phoenix*の中で、ハリーとハーマイオニーとロンはDumbledore's Army（ダンブルドア軍団）という秘密の組織を作り、ほかの生徒たちとともに闇の魔術に対する防衛術の自主的な練習をしていました。なぜなら、ヴォルデモート復活の脅威がますます増大していたにもかかわらず、当時、闇の魔術に対する防衛術の教師であったドローレス・アンブリッジは、防衛術の理論ばかり教え、生徒たちに実際の練習をさせなかったからです。この軍団は28名の生徒たちから成っていましたが、翌年、セブルス・スネイプがアンブリッジの後任者となったとき、解散しました。けれどもそのまた翌年、ホグワーツがヴォルデモートの支配下に置かれたとき、ネビル・ロングボトム、ジニー・ウィーズリー、ルーナ・ラブグッドが軍団を再結成。闇の勢力に対抗するレジスタンス集団として、ホグワーツの戦いで重要な役割を果たしました。

第２部

第3幕

第1場 ── 第21場

Hogwarts, Headmistress's Office/Hogwarts, Grounds/Ministry of Magic, Office of the Head of Magical Law Enforcement/Hogwarts, Library/Hogwarts, Potions Classroom/Campaign Room/Edge of the Forbidden Forest, 1994/Edge of the Forbidden Fores

第3幕 第1場

Hogwarts, Headmistress's Office
ホグワーツの校長室

この第2のもうひとつの現実は、第1のものよりずっと陰惨です。この場面では、それがどれほど暗く悲惨なものであるかを、かいま見ることができるでしょう。

語彙リスト

office of **DOLORES UMBRIDGE** ドローレス・アンブリッジのオフィス ➡Info #1
pensive (thoughtful) もの思いに沈んだ
coiled (ready for anything) （巻き上げたコイルのように）いつでも動ける態勢の
alert (wary) 警戒した、用心深い
Head Boy (Chief Prefect) 首席の男子生徒 ➡Info #2
potential (possibilities) 可能性を秘めた人、有望な候補
Pure-blooded 純血 ＊両親がどちらも魔法界出身の人。
athletic (physically capable) 丈夫でスポーツがよくできる
modest (humble) 謙遜な
faculty (teachers) 教師陣
glowed (said wonderful things) 強く訴えた
dispatches (reports) 報告書
Augurey オーグリー ➡Info #3
flushing out (eradicating) 追い払う
dilettante (students who profess an interest in school work, but who have no interest at all) うわべだけの ＊ここの場合、勉強好きのように見えるが実はまったく勉強に関心のない生徒たちのこと。
purer (more refined) 純度の高い
dismisses (rejects) 退ける
odder and odder (more and more strange) ますます奇妙に
in particular (specifically) 特に
obsession (preoccupation) 執着
ludicrous (idiotic) 馬鹿げた
fascination (obsession) 強く惹きつけられた状態
restore (return) 戻す
Temporary aberration (short-term eccentricity) 一時的なおかしな行動
Valour (heroism) 勇敢さ

Info #1 Headmistress's Office

この第2の現実の中では、ドローレス・アンブリッジがホグワーツの校長になっています。なぜそうなってしまったのでしょうか。その理由は次のと

おりです。セドリック・ディゴリーは、アルバスとスコーピアスの策略で第2の課題を果たすことができなかったとき、あまりにもひどく恥をかかされ、それがきっかけで死喰い人に加わってしまいました。味方ではなく死喰い人となったセドリックは、ホグワーツの戦いでネビル・ロングボトムを殺します。となれば、ネビルはヴォルデモートの蛇ナギニ（分霊箱のひとつ）を殺すことができなかったわけですから、それはヴォルデモートが殺されなかったことを意味します。そしてヴォルデモートはハリーを殺し、魔法界を全面的に支配することになりました。ハリーが死んでしまったため、アルバスは生まれることがなく、スコーピアスが戻った世界は悪が支配する世界でした。そしてこの世界の中でホグワーツを支配しているのが、ドローレス・アンブリッジだったのです。

Info #2　Head Boy

イギリスの多くの学校のように、ホグワーツも prefect（監督生）の制度を導入しています。これは、prefect に選ばれた上級生の生徒たち（ホグワーツでは５年生以上）が、学校の規則や秩序を維持するため、教師たちに代わって校内の見まわりをするという制度です。やはり選ばれた首席の生徒である Head Boy または Head Girl が prefect たち全体を監督し、彼らに指示を与えます。

Info #3　Augurey

やせて悲しげな目つきをした鳥で、栄養不良のハゲワシのような姿。緑がかった黒い羽、とがった嘴（くちばし）をもち、土砂降りの雨のときだけ、妖精や昆虫を捕まえて食べます。他の生き物の目に触れることを好まず、イバラで涙形の巣を作ります。この鳥の悲しげな鳴き声は死の予兆であると古くから信じられてきたため、魔女・魔法使いたちはこの鳥の巣から何としても離れようとしてきました。けれどもその後の研究によって、Augurey の鳴き声はまもなく雨が降ることを予告しているだけであると判明しました。この場面でドローレス・アンブリッジが言っているのは、実際の Augurey ではなく、Augurey のシンボルのもとで予言を行なっている、ある人物のことです。この人物が誰であるかは、のちほどわかるでしょう。

第３幕 **第２場**

Hogwarts, Grounds ホグワーツのグラウンド

この場面には第１幕第４場に登場した生徒たちがふたたび登場し、このもうひとつの現実の中では差別と偏見がどれほど広まっているかを、私たちに見せつけます。

語彙リスト

Scorpion King 蠍の王 ＊スコーピアスのニックネーム。

takes it (accepts it without changing his expression) じっと耐える

We're still on (our arrangement is still in effect) 計画はまだ有効

spill some ... guts (cut up and kill) 〜の血を流す、切りつけて殺す

cut to it (speak frankly) 単刀直入に言う

refusing (rejecting) 拒む

Blood Ball ➡Info #1

dungeons (prison cells) 地下牢

insists (demands) 主張する

agonised (in deep emotional pain) 苦痛に満ちた

Info #1 Blood Ball

このシリーズにBlood Ballが登場するのはこれが初めてですが、この名称から推測すると、これまでこんなものが存在しなかったことは幸いだったと言えるでしょう。もうひとつの現実の中のBlood Ballとは、どうやら本当の現実の中でのYule Ball（クリスマス・ダンスパーティー）に相当する催しのようですが、それには大量の血が関係しているようです。この場面の最初のほうでカール・ジェンキンズが、Mudblood（穢れた血）を流すのを楽しみにしていると言っていたことから考えると、誰もが楽しめるダンスパーティーではなさそうですね。

第3幕 第3場

Ministry of Magic, Office of the Head of Magical Law Enforcement
魔法省、魔法法執行部のオフィス

この場面では、もうひとつの現実の中でのスコーピアスとその父親の関係が描かれています。

語彙リスト

smell of power (aura of authority) 権力のオーラ

Flying down (hanging from the walls) 壁から垂れ下がる

Augurey flags (flags sporting an emblem of the Augurey bird) オーグリーの紋章がついた旗

emblazoned (imprinted) 装飾的に描かれて

fascistic manner (in a Nazi-like way) ファシスト風の様式

unapologetic (not sorry for being so) 謝ろうとしない

determined (trying to) 決意する

compound (augment) 増大させる、悪化させる

How dare you (don't be so insolent) よくもそんなことができるな、生意気な口をきくな

apologise (say sorry) 謝る

bring you up (raise you) おまえを育て上げる

sloppy (undisciplined) だらしのない

disgrace (damage the honour of) 名誉を汚す

torture (infliction of pain) 拷問

oppose (go against) 反抗する

murderer (killer) 殺人者

torturer (person who inflicts pain) 拷問者

rises up (stands up) 立ち上がる

violence (brutality) 暴力

use her name in vain (say her name flippantly) 彼女の名を軽々しく言う

bribe (corrupt) 賄賂を贈る

grandfather = Lucius Malfoy (Draco's father)

defied (went against his advice) 逆らった

murkier (darker) より暗い

hits home with (has an impression on) ～の胸をぐさりと突く

inspired (caused) 鼓舞した

brought that on (motivated that) 引き起こした

describing (explaining) 説明する

murky (dark) 暗い

第４場

Hogwarts, Library　ホグワーツの図書室

この場面から、スコーピアスがもうひとつの現実の中では、大いばりでほかの生徒に宿題をやらせていたことがわかります。また、私たちがもう死んだと思っていたある人物が、ここでは今なお生きていることもわかります。

語彙リスト

tattered (ragged)　ぼろぼろの
sets so much of it (assigns too much homework)　宿題をやたらとたくさん出す
two different ways　2通りのやり方で　＊クレイグ自身の文体とアルバスの文体で小論文を書かなければならない、という意味。
complaining (moaning)　不満を言う
let you down (disappoint you)　きみをがっかりさせる
assignment (homework)　宿題

第3幕 第5場

Hogwarts, Potions Classroom
ホグワーツ、魔法薬学の教室

この場面で私たちは、シリーズのすべての巻に登場した、あの懐かしい友と再会します。一見したところ、彼のふるまいはどうやら昔のままのようですね。

語彙リスト

Slamming back (crashing open)　（ドアを）バーンと開ける
SEVERUS SNAPE　セブルス・スネイプ　➡Info #1
breathless (out of breath)　息を切らせて
exultant (triumphant)　勝ち誇った
honour (pleasure)　光栄
subjects (subordinates)　家来
exist to serve (live for the purpose of helping others)　仕えるために存在する
undercover (covert)　スパイ活動に従事して
murdered (killed)　殺した
supporting (helping)　支える、助ける
allegations (accusations)　主張、申し立て
inflicting punishment (applying discipline)　処罰する
defeated (beaten)　打ち負かされて
beloved (popular)　最愛の
losing his mind (going crazy)　気がおかしくなる
well founded (have a basis in truth)　確かな根拠がある
alert (inform)　警告する
plunge (immerse)　陥れる
Colloportus　コロポータス　➡Info #2
hatch (small door)　小さな出入り口
Whomping Willow　暴れ柳　➡Info #3

Info #1　SEVERUS SNAPE

本当の現実の中では、Severus Snape はホグワーツの戦いで殺されました。シリーズ全体を通して、私たちは Snape が闇の魔法使いでありヴォルデモート卿の一味であると信じこまされてきましたが、彼は常にダンブルドアから信頼されていました。そして私たちは第7巻 *Harry Potter and the Deathly Hallows* の最後で、Snape がハリーとホグワーツを守るため、偽りの情報を

死喰い人たちに流していた二重スパイであったことを知ったのでした。

ヴォルデモートがSnapeを殺した理由は次のとおりです。ヴォルデモートは持ち主に強大な力を与えるElder Wand（ニワトコの杖）をダンブルドアの墓から奪い、所持していましたが、その杖はヴォルデモートの言うことをききませんでした。やがて、前の持ち主を殺した者しか、その杖の正当な持ち主になれないことに気がつきます。ヴォルデモートは、ダンブルドアをその杖で殺したSnapeを殺さなければ、つまり前の持ち主であるはずのSnapeを殺さなければ、その杖を自分のものにすることはできないと考えました。そこで、自分の蛇ナギニに命じてSnapeを殺させたのです。

Info #2 Colloportus

ドアが開かないようにするための呪文。ふたつのラテン語 *colligo*（綴じ合わせる）と *portus*（門）に由来。

Info #3 Whomping Willow

Whomping Willow（暴れ柳）はホグワーツの敷地の中に生えている凶暴な巨木。近づいてくるものは何でも、枝でたたきのめします。whompという英語は「たたく」という意味。イギリスでは昔から、willow（柳）は神秘的な力をもつと考えられています。

第３幕　第６場

Campaign Room 作戦会議室

この場面には Dumbledore's Army (▶▶ *p*.120) の生き残りが登場します。彼らはこのもうひとつの現実の中にあって、秘密の campaign room (➡Info #1) で密かに活動しているのです。

語彙リスト

pinned to (held down onto)　～の上に押しつけられて
faded (discoloured)　色あせて
blazing (on fire)　燃えさかる
warrior (fighter)　戦士
terrible bore (very uninteresting)　ひどく退屈な
moderate to average (fair to middling)　可もなく不可もない
distrustful (unconvinced)　不信の念を抱いた
spiked (standing up)　突っ立った
scruffy (untidy)　だらしない
rebel (fighter)　反抗者
royal visit (welcome visit)　行幸
alarmed (worried)　びっくりして
fumbles out (clumsily pulls out)　ぎこちなく取り出す

Info #1　campaign room

campaign room とは、何らかの不穏な事態の中で、政府や軍隊やレジスタンスの闘士たちなどが作戦を練る部屋のこと。部屋がこのように呼ばれていることから、このもうひとつの現実の中では、レジスタンスの闘士たち、つまりダンブルドア軍団の生き残りが、ヴォルデモートの支配に抵抗するため、ホグワーツで密かに活動を続けていることがわかります。

第３幕　第７場

Campaign Room 作戦会議室

この場面では、ダンブルドア軍団の生き残りたちが、状況を元に戻す計画を練っています。

語彙リスト

rests on (depends on)　～に依存する
good guesser (capable of imagining the truth)　推測するのが上手な人
shrunk considerably (become much smaller)　規模がかなり小さくなった
peak (heyday)　全盛期
Hiding in plain sight (concealing our intentions while pretending to be normal)　ふつうを装って意図を隠す
tickle their nose hairs (annoy them in small ways)　彼らの鼻毛をくすぐる　＊小さなことで彼らを困らせる、という意味。
wanted woman (being sought by the authorities for crimes)　お尋ね者の女性
meddled (interfered)　干渉する　＊この場合、タイム・ターナーを使って歴史を変えてしまうこと。
focused (concentrated)　集中する
I expect (I suppose)　思うに
hot (sexy)　セクシーな
blushing (going red in the face)　顔を赤らめる
constantly (always)　常に
repeatedly (several times)　何度も繰り返し
conviction (confidence)　確信
presumably (I suppose)　おそらく
irritating (annoying)　腹立たしい
glory (honour)　栄誉
taken down (killed)　殺されて
flick (nod)　うなずき
Shield Charms　盾の呪文
➡Info #1
spot (location)　地点
No offence　(no disrespect intended)　悪気はない
done (finished)　もう終わりだ、疲れ果てた
scraps (residual food)　食べ残し、残飯
precision (accuracy)　正確さ
borne (withstood)　担われる
quote (said something that Dumbledore had said)　引用する

Info #1 Shield Charms

自分の周囲に見えないバリアを築き、それほど強力ではない呪いから身を守る魔法。shield は英語で「盾」。

What's More 9

第２幕第 20 場で説明したように、ハリーとハーマイオニー、ロンは、ドローレス・アンブリッジ先生の闇の魔術に対する防衛術の教え方に対抗するため、ダンブルドア軍団という秘密組織を結成しました。最初の会合はホグズミードの居酒屋ホッグズ・ヘッドで開かれたのですが、そのことは、ウィリー・ウィダーシンズという魔法使いによって、アンブリッジ先生に通報されていました。ウィダーシンズは魔法省に雇われているスパイで、マグル界で魔法を使って引き起こした犯罪を見逃してもらう代わりに、ハリーの情報を魔法省に流すことになっていたのです。そのためアンブリッジ先生は、自分が特別に許可した場合を除き、生徒たちが何らかの組織・団体を作ることを禁じる規則を発令。ダンブルドア軍団は隠れて活動しなければならなくなりました。会合が開けなくなった軍団のメンバーたちは途方に暮れましたが、まもなくハリーが「必要の部屋」の存在を知ります。この部屋はその名のとおり、それを本当に必要としている人たちしか入れません。それ以外の人がどれほど強力な魔法を使っても、その存在が明らかになることはないのです。またこの部屋は忍びの地図（Marauder's Map ▶▶ *p.95*）にも表示されず、誰が部屋を使っているかも検出されません。部屋の秘密の入り口は、ホグワーツ城８階の廊下、バカのバーバナスがトロールたちにバレエを教えようとしている絵の描かれたタペストリーの向かい側にあります。入り口は目に見えず、中に入るためには、自分に必要なものを念じながらこの部屋の前を３回行き来しなければなりません。それらの必要をかなえることができると部屋が認めてくれると、入り口が見えるようになります。「必要の部屋」のもうひとつの特徴は、中に入る人の必要を満たしてくれる部屋になることです。たとえばダンブルドア軍団が闇の魔術に対する防衛術の練習のために使おうとしたときは、トレーニング用の場所が用意され、防衛術の参考書がたくさん並んでいました。一方、ドラコ・マルフォイがキャビネットを隠そうとしたときには、この部屋は倉庫になっていました。

第３幕 | # 第８場

Edge of the Forbidden Forest, 1994
1994 年、禁じられた森のはずれ

もう一度、三大魔法学校対抗試合の第１の課題の場面が展開されます。今回はスネイプ、ハーマイオニー、ロンも一緒です。

語彙リスト

replayed (performed once again)　ふたたび演じられて
rather than (instead of)　〜ではなく
pick out (can see)　見つける
disconsolate (unhappy)　落ち込んで

第3幕

第9場

Edge of the Forbidden Forest
禁じられた森のはずれ

この場面は、実際にはふたつの異なる場面――陰惨なもうひとつの現実、そして本物の現実――から成り立っています。

語彙リスト

mess (trouble)　混乱状態、窮地

above ground 人目にさらされる状態で　＊もともとの意味は「地上に出て」。ここでは吸魂鬼たちから丸見え、という意味。

shelter (sanctuary)　避難場所

exposed (visible)　丸見えの

icy (cold)　氷のように冷たい

disaster (catastrophe)　災難

descend (move toward them from above)　降りる、降りかかる

reluctantly (unwillingly)　いやいやながら

Expecto　エクスペクト　＊Expecto Patronumという呪文を途中まで言いかけたもの。➡Info #2

scared (frightened)　怖がって

yanked (pulled roughly)　引っ張られて

golden-whitish (pale gold-coloured)　金色がかった白色の

haze (vapour)　もや

blind (unable to see)　盲目の

settles (lands on the ground)　降り立つ

occupy your thoughts (think about anything but fear)　自分の考えで心をいっぱいにする　＊ここでは、恐怖以外のことを考えるという意味。

fog (mist)　霧

allegiance (loyalty)　忠誠

cause (movement)　大義、行動の動機

traitorous (treacherous)　反逆者の

fantastic (unbelievable)　すばらしい

hugely (very)　非常に

suspected (doubted me)　疑う

acted upon (taken action)　～に基づいて行動する

Depulso デパルソ ➡Info #1

propelled (forced)　駆り立てられて

grand (pompous)　うぬぼれた、尊大な

no turning back now　(no way this situation can be retracted)　撤回するつもりはない

Expecto Patronum
エクスペクト・パトローナム ➡Info #2

doe (female deer)　雌鹿

at bay (at a distance)　（敵などを）寄せつけないで

every inch a hero (looking very heroic)　どこからどこまで英雄になって、非常に英雄的に

proud (honoured)　誇りに思う
blood-curdling (heart-stopping)　血が凍りつくような
multiply (increase)　増大する
tranquil (serene)　静かな
Merman　水中人（男性）　➡Info #3
drowning me (killing me by holding me under water)　ぼくを溺れさせる
bank (side of the lake)　岸辺

dry humour (funny comments)　さりげないが皮肉のこもったユーモア
Albus-y (Ablus-like)　いかにもアルバスらしい
sprints (dashes)　全速力で走る
overjoyed (delighted)　大喜びで
registers (understands)　理解する
Oh bother (oh, dear)　たいへんだ！
annoyed (irritated)　困惑して

Info #1 Depulso

Depulso は Banishing Charm（追い払い呪文）の呪文。これは Summoning Charm（呼び寄せ呪文。唱える言葉は Accio）の反対呪文で、Accio が自分のそばに人や物を引き寄せるのに対し、Depulso は人や物を自分から遠ざけます。

Info #2 Expecto Patronum

Patronus Charm（守護霊の呪文）をかけるときに唱える呪文。Patronus Charm とは、Patronus（守護霊）を呼び出す魔法です（▶▶ p.100）。この場面でセブルス・スネイプは、自分の身を犠牲にして Patronus を呼び出し、スコーピアスが三大魔法学校対抗試合の第2の課題の場面に戻れるようにしました。第2幕第20場でセドリック・ディゴリーにかけた Engorgement spell（肥らせ魔法）を、スコーピアスがその場面に戻って帳消しにできるようにするためです。

Info #3 Merman

Merman は男の Merpeople（水中人）。Merpeople はホグワーツの湖にすむ生き物。この種族の女性は Mermaid と呼ばれています。mer はラテン語で「海」を意味する *mare* に由来。ただしホグワーツの Merpeople は、海水ではなく淡水の中にすんでいますが。Merpeople の胴体は人間の姿をしていますが、下半身は脚ではなく銀色の魚の尾になっています。Merpeople の伝説は世界各地にあり、フランスの貴族たちは Melusina と呼ばれるある Mermaid

の子孫であるとまで言われています。Mermaid たちは船のそばで不思議な歌をうたって水夫たちを惑わし、船を座礁させることで知られています。

What's More 10

守護霊（パトローナス）の呪文は、呪文の中で最も難しいとされ、この呪文を使える魔女・魔法使いはごくわずかしかいません。この呪文は、吸魂鬼など闇の生き物を追い払うときに主として使われます。実際、彼らを追い払える呪文はこれしかありません。また、このほかにダンブルドア先生が考案した使い方もあります。それは守護霊をコミュニケーションの手段として用いるという方法、つまり守護霊にメッセージを伝えさせるという方法です。

呼び出される守護霊には、形のない霊と形のある霊との２種類があります。形のない霊はふつう霞か煙のようなものにすぎません。形のある霊は白く光り輝く半透明の動物の姿をしています。形のある霊のほうが形のない霊よりも強力です。

形のある守護霊は、それを呼び出す人によってさまざまな形を取ります。どのような動物の姿になるかをコントロールすることはできませんが、ふつうは呪文を用いる当人の人柄と関連した姿で現れます。

ハリーはこの呪文を身につけることのできた最年少の魔法使いのひとりで、1994 年、まだ 13 歳のときに習得しました。ハリーはまた、ダンブルドア軍団のメンバーたちにも、この呪文の使い方を教えました。メンバーの中には使えるようになった者もいます。ハリーの守護霊は牡鹿の姿をしています。ハリーの父親は動物もどき（アニメーガス）になるとき、牡鹿の姿に変身していたのでした。このほかの魔女・魔法使いたちの守護霊をあげれば、ハーマイオニーはカワウソ、ロンはジャックラッセルテリア、ジニーは馬、チョウ・チャンは白鳥、ダンブルドア先生は不死鳥、セブルス・スネイプは雌鹿です。

闇の魔法使いで守護霊の呪文を使える者はほとんどいません。ひとつには、おそらく闇の生き物を追い払う必要がないので、学ぼうとしないからでしょう。ヴォルデモート卿には守護霊がいませんし、死喰い人たちの多くにもいません。ドローレス・アンブリッジは数少ない例外のひとりで、その守護霊は猫。マクゴナガル先生の守護霊と同じです。

第3幕 第10場

Hogwarts, Headmistress's Office
ホグワーツの校長室

本物の現実に戻ってきた私たちは、マクゴナガル先生がどんな相手にもひるまないことを目の当たりにします。たとえそれがどれほど地位のある相手であっても、です。

語彙リスト

contrite-looking (apologetic and regretful) 悔いているようすの
fuming (extremely angry) 腹を立てる
illegally (in violation of the law) 法に背いて
invaded (broke into) 侵入した
took it upon yourself (took the responsibility) ～する責任を負う
whereupon (after which) その結果
response (answer) 答え
resurrected (brought back to life) よみがえらせた
heralded (introduced) もたらした
Are you aware (do you know) あなたはわかっていますか
your matter (your affair) あなたの問題
expel (ban from attending school) 追い払う、(学校などから) 除籍する
all things considered (everything taken into account) あらゆることを考慮した結果
detention (kept behind in the classroom during free time as a punishment) 居残り ➡Info #1
resolve (determination) 決意
fierce (angry) 激しく
polite (good manners) 礼儀正しい
over-stepped (crossed a line) 許される範囲を越えた
laughable (a joke) 笑える
intake (drawing in) 吸入
under my watch (during my tenure) 私の監視下で
composes herself (regains her composure) 落ち着きを取り戻す
intentions (plans) 意図
honourable (commendable) 賞賛すべき
misguided (incorrect) 誤った
failed to heed (did not consider) 留意することができなかった
reckless (irresponsible) 向う見ずな
sustain (maintain) 維持する
lot of you (all of you) あなたがた全員

Info #1 detention

規則を破った生徒に課せられる「居残り」のこと。居残りを命じられた生徒は、放課後、教室に残らなければなりません。何をさせられるかは教師によって異なりますが、教室の掃除から居残り勉強までさまざまでしょう。

What's More 11

校長室に行くには、ホグワーツ城３階の「ガーゴイルの廊下」を通って行きます。入り口はガーゴイルの石像に守られているので、塔の中に入るには合言葉を言わなければなりません。正しい合言葉を言えばガーゴイルが脇に飛びのき、動く石の螺旋階段が現れます。この階段は４階にあるオーク材の両開きの扉に通じています。校長室そのものは大きな円形の部屋で、たくさんの本棚があり、歴代の校長の肖像画が飾られています。肖像画の校長たちのほとんどは、額縁の中で居眠りをするよりほかにすることがありません。また室内には、組分け帽子（Sorting Hat ►► *p.27*）や憂いの篩（Pensieve ►► *p.166*）など、さまざまな魔法の道具が置かれています。ダンブルドア先生が校長だったときには、室内の止まり木に不死鳥のフォークスがいました。ハリーが初めてこの部屋に入ったのは 1992 年のことでしたが、そのときはフォークスが炎となって燃え上がるのを目の当たりにし、すっかり驚いてしまいました。ダンブルドア先生によれば、フォークスは燃え尽きた直後に灰の中からよみがえることによって、永遠の命を保っているとのこと。ダンブルドア先生が亡くなったとき、フォークスはホグワーツの上空で嘆きの歌をうたったあと飛び去ってしまい、その後は誰もその姿を見ていません。ですから、そののち校長になったマクゴナガル先生の部屋には、もういないのです。

ダンブルドア先生の肖像画が病棟に掛かっていることは、すでに第２幕第８場で見たとおりですが、マクゴナガル先生の執務机のすぐ後ろにも、彼の大きな肖像画が掛けられています。校長室では伝統的に、前任者の肖像画がこの位置に飾られることになっているのです。この肖像画は校長室のほかの肖像画よりも大きく、校長が新しく任命されると、小さくなって別の位置に移動します。

第３幕 第11場

Hogwarts, Slytherin Dormitory
ホグワーツ、スリザリン寮の共同寝室

この場面では、ハリーとアルバスの親子の対話が展開されます。

語彙リスト

cautious (careful)　注意深く
let it spill (not to show his anger)　怒りを表に出さない
negotiating (trying to persuade)　交渉する
dredge (drain)　水底の土砂をさらう
all well and good (nothing wrong with)　それはそれでいい、何も悪いわけではない
casting aspersions (insulting anybody)　非難する
adventure (excitement and danger)　冒険
brink (edge)　縁
fix (repair)　修復する

第3幕 第12場

Dream, Godric's Hollow, Graveyard
夢、ゴドリックの谷の墓地

この場面で、私たちはふたたびハリーの悪夢を見ることになります。そう、それはヴォルデモート卿の復活を示唆していることが多いのでしたね。そして、ハリーが幼かったころダーズリー家の人々がどれほどいじわるだったか、それもまた見ることになります。

語彙リスト

graveyard (cemetery) 墓地
gravestone (headstone) 墓石
bunches of flowers (collections of flowers) 花束
grotty (unattractive) 見苦しい
poxy (awful) つまらない
Godric's Hollow ゴドリックの谷 ➡Info #1
Godless Hollow (Evil Hollow) 神なき谷 ➡Info #1
hive of filth (dirty village) 汚れの巣
chop chop (hurry up) 早く早く、急いで
Duddy ダディ ＊Dudley Dursley (▶▶ p.47) の愛称。
Cubs (junior branch of the Boy Scouts) カブ・スカウト ＊ボーイスカウトの年少版。
relatives (kin) 親戚
bless her (God take pity on her) 彼女に神の祝福がありますように
repelled people (drove people away) 人々を追い払った
nature (personality) 気質、性格
intensity (power) 強烈さ
manner (behaviour) 振る舞い
extraordinarily (amazingly) 並はずれて
obnoxious (unpleasant) 不快な
succumbing all the same (giving in to them despite this) それでもやはり屈服する
rapscallion (rascal) いたずら小僧
deposited (placed) 置いた
sacrifice (selfless act) 犠牲
guilt (culpability) 罪
stench (smell) 悪臭
jagged (uneven) ぎざぎざの
disturbed (anxious) 動揺して

Info #1 Godric's Hollow

Godric's Hollow（ゴドリックの谷）はイングランド西部の小さな村。この村の広場のまわりには、教会、郵便局、パブ、何軒かの店が建っています。ここはハリーが生まれた村であるとともに、ハリーの両親が殺された村でも

あり、ハリーの両親はこの村の墓地に葬られています。また、ダンブルドア家をはじめ、魔法界の名だたる家族が住んでいたことでも知られています。Godricは古い英語で「神の支配（する場所）」を意味しますが、ペチュニア伯母さんは、この村の名前を口にしたすぐあとに、「……というよりGodless Hollowと呼んだほうがぴったりね」と、一種の言葉遊びをしています。キリスト教でGodlessとは神が不在であるということ。つまり邪悪だと言っていることになります。

第3幕　第13場

Harry and Ginny Potter's House, Kitchen
ハリー＆ジニー・ポッターの家、キッチン

この場面で、ハリーは自分の見た夢をジニーに説明しています。

語彙リスト

state (condition)　状態
Petrified (terrified)　ぞっとして
stressful (worrying)　ストレスの多い

What's More ⑫

Harry Potter and the Cursed Child の中で、ハリーとジニーの家のことはくわしく書かれていませんが、シリーズに登場する最も特徴的な家は、ウィーズリー一家の住む The Burrow（隠れ穴）でしょう。デヴォン州オッタリー・セント・キャッチポール村の外れにあるこの家はもともと小さな家でしたが、家族が増えるに従って増築され、今では4、5本の煙突のある数階建ての家になっています。マグルの家であったならとっくに崩れ落ちていたはずですが、魔法のおかげで崩壊を免れています。なだらかに起伏する丘や牧草地で隠されているので、郵便屋さんさえこの家を見つけることができません。

The Burrow の裏庭は広くて草が生い茂り、庭小人たち（gnome ▶▶ ***p.48***）のすみかとなっています。裏庭から階段を数段のぼると、そこは家族の団欒の場キッチンへの入り口。キッチンには大きな暖炉があり、この暖炉は煙突飛行ネットワーク（Floo Network ▶▶ ***p.83***）でよその暖炉と結ばれています。キッチンの時計には針が1本しかありませんが、その代わり、たとえば「お茶の時間ですよ」というように、何かの時間になると知らせてくれます。

居間はソファがひとつと肘掛椅子がいくつか置かれた居心地のいい部屋で、ここにも大きな暖炉があります。この部屋の時計は、家族ひとりひとりが今どこにいるかを知らせてくれます。「学校」「仕事」「旅行中」というように。

屋根裏部屋にはこの家のグールお化けがすみついています。グールお化けは邪魔者扱いされているわけではなく、家族から大切なお客として扱われています。家の中があまりに静まりかえっていると、配水管をたたいて大きな音をたてることがあります。

第３幕　第14場

Hogwarts, Slytherin Dormitory
ホグワーツ、スリザリン寮の共同寝室

この場面でスコーピアスは、ヴォルデモート卿の支配する世界がどれほど恐怖に満ちているかを、アルバスに説明しています。そして、自分たちのいる本物の現実が、以前思っていたよりはるかにましな世界であると気づいたことも。また、スコーピアスには告白しなければならないこともありました。

語彙リスト

ominously (menacingly)　脅かすように

bedhead (top of the bed)　ベッドの頭の部分

with a shock (surprised)　驚いて

scariest place imaginable (most frightening place ever)　想像できる限り最も恐ろしい場所　＊第２のもうひとつの現実を指す。

Scorpius the Dreadless　恐れ知らずのスコーピアス ➡Info #1

Malfoy the Unanxious　不安知らずのマルフォイ➡Info #1

lockdown (having no freedom)　監禁状態

constant (unending)　絶えず続く

break (defeat)　破滅させる

Mouldy Voldy　カビ臭いヴォールディ　＊ヴォルデモート卿のニックネーム。

Bread Head (stupid)　馬鹿

shin (leg bone below the knee)　むこうずね

contemplative (thoughtful)　考えにふける

fancying you (falling in love with you)　きみのことが好き

Entitled (spoilt)　ちやほやされて

arrogant (conceited)　思い上がった

touched (moved)　心を動かされて、感動して

grandly (pompously)　大げさに

Info #1　Scorpius the Dreadless

ヨーロッパでは昔から、王族や指導者たちはニックネームで呼ばれてきました。名前とその性格を示す語のあいだに the を入れて、ニックネームにするのです。たとえば Richard the Lionheart（獅子心王リチャード）、Attila the Hun（フン族の王アッティラ）、Vlad the Impaler（串刺し王ヴラド）、Alfred the Great（アルフレッド大王）などのように。また、たとえば Jack the Ripper（切り裂きジャック）など、同じような作りのニックネームを与

えられている犯罪者もいます。この場面では、ヴォルデモート卿が支配する第２のもうひとつの現実を経験したスコーピアスが、あの恐怖のあとではもはや恐れるものは何もないと言っています。それで、人々がこんなニックネームをつけて記憶してくれるといいなと、自分で自分にこのような大げさなニックネームをつけてみたのでした。

What's More ⑬

スリザリンはホグワーツで唯一、そのほとんどが純血の魔女・魔法使いから成る学寮です。生徒たちが最初に組分け帽子（Sorting Hat ▶▶ *p.27*）で振り分けられるときは、ふつう血統が考慮されますが、生徒たちひとりひとりの性格も考慮されます。スリザリン生には、狡猾で才覚がある野心家の生徒たち、つまり成果主義者で強いリーダーになれるような生徒たちが伝統的に選ばれます。このため、必ずしも全員が純血というわけではありません。この数少ない例外の中には、半純血であったセブルス・スネイプやヴォルデモート卿も含まれます。ハリーもホグワーツに入学したとき、あやうくスリザリン寮に組分けされそうになりました。けれども、ハリーはグリフィンドール生になりたいと強く願っていたので、組分け帽子はその願いに応えてくれたのです。また、純血の生徒が必ずスリザリン寮に組分けされるわけでもありません。その多くは、その生徒がスリザリン生に要求される資質を備えていない場合でしょう。たとえばウィーズリー家の人々は、純血であるにもかかわらず、みなグリフィンドール寮に組分けされました。ネビル・ロングボトムやハリーの父ジェームズ・ポッターについても同様です。

スリザリン寮の談話室はホグワーツ城の地下牢にあります。領地内の湖の下にあるため、談話室の中は湖の水を通して射し込んでくる光で緑色になっています。グリフィンドール寮の談話室とは異なり、この部屋は肖像画によって守られてはいません。生徒たちはじっとりと湿った石の壁の前に立ち、合言葉を唱えます。そして合言葉が正しければ、石の扉が開き、中に入ることができるのです。

第3幕 | # 第15場

Hogwarts, Slytherin Dormitory
ホグワーツ、スリザリン寮の共同寝室

この場面では、ハリー、ジニー、マクゴナガル先生が、スリザリン寮の共同寝室でアルバスを捜しています。彼らはスコーピアスもいなくなっていることに気づきます。

語彙リスト

trails after (follows) 跡をつける
against the rules (prohibited) 規則に反している ＊スリザリン生以外の人が共同寝室に入ることは禁じられている、と言っている。
covenant (rules) 契約条項
house quarters (house premises) 寮の内部
express (specific) 特別の
tiresome (annoying) いらいらさせる
bed curtain ベッドのカーテン
➡Info #1
He's gone? = Albus has gone?
pulls open another = pulls open another curtain 別のカーテンを開ける
dorm = dormitory 共同寝室
accusation (blame) 非難
heated (angry) かっかとして

Info #1 *bed curtain*

ホグワーツの共同寝室のベッドはどれも４隅に柱があり、カーテンで囲まれています。そのおかげで、生徒たちはわずかながらプライバシーを保てるようになっているのです。

第3幕 第16場

Hogwarts, Owlery ホグワーツのふくろう小屋

この場面の舞台はホグワーツのOwlery (➡Info #1)。アルバスとスコーピアスは、タイム・ターナーを破壊するにはどの魔法を使えばいいのだろうかと、この場所で話し合っています。またふたりは、それまで信頼してきた人物についてあることを知り、大きなショックを受けます。

●新しい登場人物

◇ **Euphemia Rowle**［ユーフィーミア・ロウル］ ➡Info #2

語彙リスト

bathed (covered) 浴びて
hooting (noise owls make) （ふくろうの）ホーホー鳴く声
Confringo コンフリンゴ ➡Info #3
Expulso エクスパルソ ➡Info #4
Bombarda ボンバーダ ➡Info #5
Stupefy ステューピファイ ➡Info #6
overlook (fail to realize) 見落とす
much-underestimated (greatly undervalued) ひどく過小評価されて
concerns (involves) 関係する
despotic (dictator-like) 独裁的な
face breaks (expression of joy spreads over her face) 顔がほころぶ、にっこりする
face sinks (expression of unhappiness spreads over her face) 沈み込んだ表情になる
loosened (opened) ゆるむ、開く
tattoo (indelible mark on the skin made with ink) 入れ墨
Care of Magical Creatures 魔法生物飼育学 ➡Info #7
sinister-looking (evil-looking) 不気味な姿の
foretold (predicted) 予言する
guardian (substitute parent) 保護者、後見人
come to a sticky end (die in a painful way) 悲惨な最期を迎える
took me in (adopted me) 私を養女にした
whir (rotate) 回転する
Levelling (straightening) （武器などを）水平に構える、向ける
overpowers (overwhelms) 押さえつける
Fulgari フルガーリ ➡Info #8
vicious (painful) 危なそうな
luminous (light-emitting) 光り輝く
propelled (pushed) 押しつけられて
brutal (cruel) 残虐な
binding (cord) 紐
pliant (malleable) 言いなりになる、従順な
snaps (breaks) へし折る

Info #1 Owlery

Owlery（ふくろう小屋）はホグワーツ城の西塔の最上階にある円形の部屋。手紙のやり取りに使われる学校や生徒たちのふくろうが、ここで飼育されています。ふくろうたちが自由に行き来できるように窓にはガラスがはめられていないので、とても寒く、床は藁、ふくろうたちの糞、吐き出されたねずみや野ねずみの骨で覆われています。

Info #2 Euphemia Rowle

シリーズ中、初登場の名前。デルフィを引き取って育てた魔女ですが、どうやら慈悲心からではなく、金がほしくてそうしたようです。

Info #3 Confringo

標的にしたものを爆発させるBlasting Curse（爆発呪文）で唱える呪文。*confringo*はラテン語で「破壊する」。

Info #4 Expulso

Blasting Curse（爆発呪文）と同じ働きですが、浴びせられたものがみな大破しているところを見ると、より破壊力が強い呪文のようです。「追い払う」を意味するラテン語*expellere*に由来。

Info #5 Bombarda

小さな爆発を引き起こす呪文。封じられた扉や窓の格子などを吹き飛ばすのに使われます。もっと強力に爆破するときの呪文はBombarda Maxima。

Info #6 Stupefy

Stunning Spell（失神術）をかけるときに唱える呪文。英語にも「麻痺させる」という意味のstupefyという語があります。

Info #7 Care of Magical Creatures

ホグワーツで教わる教科のひとつ。エキゾチックで珍しいさまざまな生き物の扱い方、育て方を学びます。

Info #8 Mudblood

光り輝く紐で相手の腕をきつく縛る魔法をかけるときに唱える呪文。Emancipare（▶▶ *p.105*）という呪文を撤回するときにも使います。「稲妻」を意味するラテン語 *fulgur* に由来。相手を縛る紐が稲妻によく似ているのでしょう。

What's More 14

ふくろうは魔法界と相性がよく、魔女・魔法使いたちの命令を理解することもできれば、彼らとコミュニケーションを取ることもできます。ふくろうたちは、魔法界では手紙や小包、吼えメール（Howler ▶▶ *p.98*）の配達をします。音をたてずに飛ぶことができるので、途中で誰かに気づかれて配達物を奪われてしまったりせずにすむのです。とはいえ、ふくろうたちは生まれつきこのようなことができるわけではありません。このような役割を担うためには訓練が必要であり、『ザ・クィブラー』という雑誌には、ふくろう訓練士の求人広告がよく載っています。ふくろうたちには、住所を告げられなくても魔女・魔法使いたちの居場所を突きとめることのできる本能が備わっています。なぜそんなことができるのか、誰も知りませんが、居場所のわからない相手に手紙を送るときには、とても便利です。

ホグワーツの生徒のほとんどは自分のふくろうを飼っているので、学期中は定期的に両親と手紙などのやり取りをすることができます。また、商業的に用いられているふくろうもいます。たとえば『日刊予言者新聞』や『ザ・クィブラー』はふくろうが配達していますし、ホグズミードの郵便局は、ふくろうを飼っていない人たちが手紙を送れるように、ふくろうを飼っています。昔、魔法省では、部署間の連絡のためにふくろうを用いていましたが、あるときからとうとう魔法をかけた紙飛行機に切り替えました。ふくろうたちの糞や抜け落ちた羽根の始末がたいへんだったからです。

ハリーもふくろうを飼っていました。ヘドウィグという名の雪のように白いふくろうでしたが、1997年にプリベット通り付近の上空でハリーとその仲間たちが死喰い人たちの攻撃を受けたとき、残念なことに殺されてしまいました。ロンのふくろうはピッグウィジョンという名の豆ふくろうでしたが、ウィーズリー家はエロールという灰色ふくろう、兄のパーシーはヘルメスというめんふくろうを飼っていました。一方ハーマイオニーは、マグルの両親が魔法界のことを知らず、娘にふくろうが必要だとは考えなかったため、ふくろうを飼っていませんでした。

第３幕　第17場

Ministry of Magic, Hermione's Office
魔法省、ハーマイオニーのオフィス

ここでは、ロンとハーマイオニーのあいだの、ちょっとどぎまぎしてしまうようなシーンを見せられることに。また、アルバスとスコーピアスがまたもや行方不明になっていることも知ることになります。

語彙リスト

porridge (oatmeal)　ポリッジ　＊オートミールなどの穀物を水や牛乳で煮たもの。

can't get over it (can't believe it)　平気ではいられない、信じられない

goblins　ゴブリン、子鬼➡Info #1

show up (arrive)

Gringotts = Gringotts Bank　グリンゴッツ銀行➡Info #2

marital break (a mutually-agreed temporary breakup)　夫婦相互の同意による一時的な絶縁

skewer (stab)　突き刺す

marriage renewal (renewal of marriage vows)　結婚の誓約の更新　＊同じ相手ともう一度結婚の誓約を交わすこと。

drunk (intoxicated)　酒に酔った

Sober (not drunk)　しらふで、酒に酔わずに

spring apart (jump away from each other)　相手からあわてて離れる

get the Aurors summoned (arrange for the Aurors to gather)　闇祓いたちを召集する

disconcerted (ill at ease)　まごついて

batters on (continues)　続ける

Firewhiskies　ファイア・ウィスキー　＊魔法界で最も人気のあるウィスキーの銘柄。

as you do (as is common)　みんながよくやるように

setting the world to rights (discussing how to solve the world's problems)　世界をよくする方法を話し合う

turny ones (ones with many bends)　曲がりくねった煙突

strangle (suffocate)　首を絞める

cracking one (very pretty one)　すごくきれいな女

gorgeous (beautiful)　見事な、華やかな

playing the gooseberry (acting as a third wheel)　お邪魔虫になる

yup (yes)　そうだ

Info #1 goblins

goblin（ゴブリン、子鬼）は怒りっぽい小さな生き物で、伝説の中ではよい役割から悪い役割まで、さまざまな役割に描かれています。goblin という語はもともと「ごろつき」を意味するギリシャ語 *kobalos* に由来しますが、直接の語源はフランス語の *gobelin* です。goblin は伝統的に、勤勉でよく働く旅人として描かれ、特に鉱山の採掘と金属の細工が得意とされています。けれどもその一方で、単なるいたずら心からある家に取り憑き、その家の人々を困らせることも。家から goblin を追い出すには、床に亜麻の種子をまくとよいと言われています。goblin は勤勉なので、種を一粒一粒拾わずにはいられません。とはいえ、この作業には goblin でさえ飽き飽きしてしまうので、また新しいいたずらをするためにどこかへ出かけていってしまう、というのです。ハリー・ポッターの魔法界では、goblin たちは金銭の扱いが得意なので、ふつうは銀行家になっています。

Info #2 Gringotts

Diagon Alley（▶▶ *p.71*）にある銀行。goblin たちが経営しています。金庫に行くには、goblin と一緒にトロッコに乗り、鍾乳石や石筍のあいだを通り抜けて地下深くまでもぐっていかなければなりません。

第3幕 第18場

St Oswald's Home for Old Witches and Wizards, Amos's Room
聖オズワルド老人ホーム、エイモスの部屋

舞台はふたたびエイモス・ディゴリーのいる老人ホーム。ここへやって来たハリーとドラコは、あることを聞いて動揺します。

語彙リスト

outstretched (held out in front of him) 前に突き出して

blessed (honoured) 喜ばしい、光栄な

profoundest consequences (severest punishment) 深刻な結果
＊ドラコはここで、白状しなければひどい目に合わせるぞ、とエイモスに言っている。

play the senility card (pretend to be old and senile) 老いぼれのふりをして誤魔化す

Azkaban アズカバン ➡Info #1

denying (refuting) 否定する

Info #1 Azkaban

北海の真ん中に浮かぶ島にある要塞。15世紀に建てられ、1718年以来、イギリス魔法界の監獄として使われています。さまざまな魔法によってマグルの目から隠されているだけでなく、吸魂鬼によって厳重に警備されています。

第3幕 # 第19場

Hogwarts, Quidditch Pitch
ホグワーツ、クィディッチ競技場

この場面では、デルフィがついに本性を表します。これはアルバス、スコーピアス、そしてクレイグ（第1幕第4場で初登場）にとって、ありがたいことではありませんでした。

語彙リスト

changed identity (new identity) 変化した正体 ＊実はエイモス・ディゴリーの姪ではないということ。
discomfort (unpleasantness) 不快さ
insecurity (no peace of mind) 不安
third task 第3の課題 ➡Info #1
maze (labyrinth) 迷路
spare the spare (allow the spare to live) よけいなやつを生かしておく ▶▶ *p.*45 (kill the spare)
resurrect (return to existence) 復活させる
rebirth (give life to) 再生させる
ruler (leader) 支配者
ensured (made sure) 確かにした
clogged up (blocked up) 妨害されて
naked (nude) 裸の
feather dusters (household implements for dusting) はたき
prophesy (prediction) 予言
fulfilled (achieved) 成就して
Wasn't aware (didn't know) 気づかなかった
obey (follow your orders) 従う
Imperio インペリオ ➡Info #2
puppet (effigy) 操り人形
Do your worst (do it if you must) 勝手にしなよ ＊直訳は「最悪のことをしろ」
Crucio クルーシオ ➡Info #3
wizardwide disappointment (disappointment throughout the whole wizarding world) 魔法界中の失望
sore on your family name (dishonourable member of your family) 家族の恥さらし
resistant (rebellious) 反抗的な
Avada Kedavra アバダ・ケダブラ ＊死の呪い。▶▶ *p.*79
weakness (Achilles heel) 弱み
pride (vanity) 誇り
prophesied (forecast) 予言されて
viciously (cruelly) 悪意を込めて

Info #1 third task

三大魔法学校対抗試合の third task（第 3 の課題）は、1995 年 6 月 24 日に行われました。ホグワーツのクィディッチ競技場に作られた迷路には、たくさんの障害や危険が仕掛けられ、選手たちはそれを克服して進まなければなりません。迷路の中心には優勝杯が置かれ、最初にそこへたどり着いた選手が優勝者となります。ところが、誰も知らなかったことですが、その優勝杯は魔法で移動キー（Portkey ▶▶ *p.55*）に変えられていました。それに触れた人は瞬時に、前もって決められた場所に運ばれてしまうのです。この課題の結果は次のとおりでした。

セドリック・ディゴリーとハリー・ポッターは、第 2 の課題が終った時点で同点 1 位でしたので、最初に迷路に入りました。そのあとにビクトール・クラム、そしてフラー・デラクールが続いて入ります。ハリーとセドリックは障害を次々と克服し、迷路の中心の近くでは、力を合わせて巨大なクモを退治。同時に優勝杯にたどり着きます。どちらが優勝杯を手にするべきかを話し合った結果、ふたりともホグワーツ生なのだから引き分けにしようということになり、ふたり一緒に優勝杯に触れることに。ところが手を触れた瞬間、移動キーが働き、ふたりは墓地に運ばれます。それはハリーの夢の中にたびたび出てきた墓地でした。

そこへヴォルデモートの手下のひとりが現れ、セドリックは Killing Curse（▶▶ *p.79*）で殺されてしまいました。その手下は、弱体化して小さな醜い塊のようになっていたヴォルデモートを抱えていましたが、まもなく古代から伝わる魔法の儀式を始めます。大鍋にその塊を入れ、ヴォルデモートの亡き父親の骨（この墓地に埋葬されていました）、手下自身の肉、そしてハリーの血を入れてぐつぐつ煮込むと、ヴォルデモートが肉体を回復して大鍋から立ち上がりました。力を取り戻したヴォルデモートとハリーは決闘をすることになりますが、ヴォルデモートが最後に殺した犠牲者たちの霊がハリーを助け、ハリーはセドリックの亡骸とともにホグワーツに戻ることができました。

Info #2 Imperio

相手を完全に支配するための Imperius Curse（服従の呪い）をかけるときに唱える呪文。Imperius Curse は、Cruciatus Curse（➡ Info #3）、Killing Curse（▶▶ *p.79*）とともに、3 つの許されざる呪いのひとつ。「命じる」を意味するラテン語 *impero* に由来します。

Info #3 Crucio

許されざる呪いのひとつ Cruciatus Curse（磔の呪い）をかけるときに唱える呪文。相手にひどい苦痛を与えます。「十字架」を意味するラテン語 *crux* の活用形 *crucis* に由来。

What's More 15

死の呪い（Avada Kedavra）、磔の呪い（Crucio）、服従の呪い（Imperio）の３つは、魔法界で最も強力な呪い。1717 年に「許されざる呪い」として禁止されました。これらの呪文をほかの人間（魔女・魔法使い、マグル）に使っているところを目撃された人は、誰かに服従の呪いをかけられたために自分の意志ではなくやったのだと証明できない限り、アズカバン（Azkaban ▶▶ **p.150**）での終身刑に処せられます。ヴォルデモート卿の台頭とともに、第一次魔法戦争中と第二次魔法戦争の激化した時期には、闇祓いたち（Auror ▶▶ **p.69**）はこれらの呪文を使うことを許可されていましたが、ヴォルデモートが死ぬと、ふたたび禁止されました。

許されざる呪いをかけるのは、とても難しく、強い意志の力と高い技術が必要とされます。ハリーは 1996 年に、後見人シリウス・ブラック（Sirius Black ▶▶ **p.57**）がベラトリックス・レストレンジ（Bellatrix Lestrange ▶▶ **p.176**）に殺されたとき、彼女に磔の呪いをかけようとしましたが、うまくいきませんでした。そのときのハリーには復讐心しかなく、相手を苦しめようとする強い意志が欠けている、と魔法の杖は見なしたのです。しかしホグワーツの戦いの直前、ハリーは磔の呪いと服従の呪いをかけることに成功しました。ハリーが自己満足のためではなく気高い理由のために呪文を使おうとしていることを、魔法の杖が感知したのでしょう。異例の事態だったため、ハリーはこれらの呪文を使ったにもかかわらず、罰せられることはありませんでした。

第3幕 | 第20場

Triwizard Tournament, Maze, 1995
1995年、三大魔法学校対抗試合の迷路

私たちは時間をさかのぼり、三大魔法学校対抗試合の場面に戻ります。セドリック・ディゴリーはまだ生きていて、アルバスとスコーピアスは初めて彼と言葉を交わします。

語彙リスト

spiral (corkscrew)　らせん
hedges (bushes)　生け垣
closes upon them (becomes narrower)　彼らに迫る、狭くなる
disease (malevolent mass)　病的異変
trophy (cup)　トロフィー、優勝杯
vegetation (flora)　植物
dissects (cuts in half)　切り離す
perils (risks)　危険
plentiful (many)　たっぷりの
palpable (tangible)　触れることができる
final hurdle (last moment)　最後の障害物
within our midst (among us)　私たちの中に
compelled (forced)　無理強いされて
mourn (grieve)　悲しむ
flaw (defect)　欠点
current standings (scores so far)　現時点の得点
sacré bleu (Oh, my God)　くそっ！（フランス語）
unwieldy (clumsy)　不格好な、みっともない
defy (refuse to obey)　逆らう
inevitable (unavoidable)　避けられない、必ず実現する
influence (affect)　影響を及ぼす
contradict (are opposed to)　矛盾する
dragging (forcing)　無理やり連れていく
enabled (empowered)　有効にされて
logic (thought process)　論理
fury (rage)　怒り
come no further (stay where you are)　近寄るな
beasts (creatures)　けだもの
wheels around (swiftly turns around)　振り向く
obstacle (trial)　障害物
heartbroken (extremely sad)　悲しみにうちひしがれて
creeps into movement (gradually begins to move)　徐々に動き出す
crawls (moves on all fours)　這う
scramble (move quickly)　急ぐ
incompetent (useless)　役に立たない
precious seconds (valuable time)　貴重な時間
crushes (smashes)　たたきつける
sets off (departs)　去る
hard away (moving swiftly)　迅速

に遠ざかる

Utterly (completely)　すっかり、完全に

What's More 16

三大魔法学校対抗試合の第３の課題で、４人の代表選手が通り抜けることになった迷路には、行く手をはばもうとするさまざまな魔法がかけられ、さまざまな生き物がひそんでいました。それらの危険な生き物は *Harry Potter and the Cursed Child* には登場しませんが、どんな生き物なのか、ここに書いておきましょう。

Blast-Ended Skrewt（尻尾爆発スクリュート）

卵から孵ったばかりのときは、殻をむかれた奇形の伊勢エビのよう。15 センチほどの青白くヌメヌメした体には頭がなく、あちこちから勝手気ままに脚が生えています。腐った魚のようなにおいを発し、尻尾から爆発音をたてて火花を飛ばしながら、数センチずつ前進します。成長するとつやつやした灰色の殻に覆われ、巨大な蠍と細長く引きのばした蟹とをかけ合わせたような姿になります。体長は約３メートルもあり、とても危険です。メスはほかの生き物の血を吸い、オスは針で刺します。

Boggart（まね妖怪）

Boggart がどんな姿をしているかは、誰も知りません。なぜなら Boggart は姿を次々と変えていく生き物で、相手が最も恐れているものの姿をとるからです。ハリーの場合は、ハリーが何よりも恐れている吸魂鬼の姿になりました。

Golden Mist（金色の霧）

「冥界の霧」とも呼ばれるこの不思議な霧は、地上１、２メートルほどの高さを漂い、重力の働きを逆にしてしまいます。つまり、その中に入ってしまった人は、逆さになって宙に浮いているように感じるのです。とはいえ落ち着いてみるとその中を歩くことができ、霧から出れば重力は正常に戻ります。

Acromantula（大蜘蛛）

人間の肉を食べる巨大な蜘蛛。比較的最近になって登場した種で（初めて目撃されたのは 1794 年）、魔女・魔法使いが造り出したと考えられています。黒い目が８つあり、胴体は黒い毛でびっしり覆われています。脚を広げると５メートルにもなり、体の大きさは馬ほどもあります。毒をもち、人間の言葉を理解することができます。

第3幕 | # 第21場

St Oswald's Home for Old Witches and Wizards, Delphi's Room
聖オズワルド老人ホーム、デルフィの部屋

ふたたび老人ホームの場面ですが、今回はデルフィの部屋です。ハリーたちは部屋で手がかりを探しますが、まったく予期していなかったものを発見します。

語彙リスト

oak-panelled (walls covered in oak panels) オーク材のパネルが張られた

faked being (pretended to be) 〜になりすました

checked in with (contacted) 〜と連絡を取った

Specialis Revelio スペシャリス・レヴェリオ ➡Info #1

spartan (bare) 質素な

hammers (bangs with his fists) こぶしでたたく

unscrews (removes) ねじってはずす

chimney (flue) (ランプの) ほや

writhing (wriggling) 身をよじる

fluorescent (day-glo) 蛍光色の

collective faces (all of their faces) みんなの顔

Info #1 Specialis Revelio

物や場所が隠しもっている特徴を暴き出す呪文。Specialisは英語speciality（特徴）に、Revelioはラテン語*revelo*（ベールを取る、覆いをはずす）を語源とする英語reveal（暴露する）に由来します。

第2部

第4幕

第1場 —— 第15場

Ministry of Magic, Grand Meeting Room/Scott
Highlands, Aviemore Train Station, 1981/Godr
Hollow, 1981/Ministry of Magic, Harry's Office
Godric's Hollow, Outside James and Lily Potte
House, 1981/Harry and Ginny Potter's House
Albus's Room/Godric's Hollow/Godric's Hollo
Shed, 1981/Godric's Hollow, Church, Sanctu
/Godric's Hollow, Church, 1981/Godric'

第４幕　第１場

Ministry of Magic, Grand Meeting Room
魔法省の大会議室

第４幕は魔法省での会議で幕を開けます。今のところ、アルバスとスコーピアスは現在に戻る手だてもなく、過去にはまり込んだままです。

語彙リスト

cram (push)　押し合う
hastily (swiftly)　急いで
deal with (take care of)　～に対処する
firm (concrete)　確かな
proclamation (announcement)　宣言
reverberates (echoes)　反響する
in custody (been arrested)　拘留されて
out of our reach (somewhere where we can't touch her)　私たちの手の届かないところに
flinches (recoils)　たじろぐ
solidarity (unity)　連帯
admirable (praiseworthy)　賞賛すべき
negligence (inattentiveness)　不注意
negligible (unimportant)　無視してよい、取るに足りない
Spartacus moment　スパルタカスの時 ➡Info #1
cohort (partner)　仲間　＊ここではドラコ・マルフォイのこと。

Info #1　*Spartacus moment*

ある人物または小さな集団が非難されるのを防ぐために、人々が団結する瞬間のこと。この表現は、カーク・ダグラス主演の映画『スパルタカス』(1960年) に由来します。この映画のあるシーンで、スパルタカス率いるローマの奴隷たちがローマ軍に破れたあと、ローマの将軍が奴隷たちの前に立ちはだかり、スパルタカスを差し出せ、さもなければ全員処刑すると命じました。これを聞いたスパルタカスは「私がスパルタカスだ」と立ち上がりましたが、彼の部下たちの忠誠心は篤く、奴隷たちは次々と「私がスパルタカスだ」と言って立ち上がりました。こうしてついには全員が立ち上がって連帯したのです。ハリーとその友人たちが見せたのも、これと同じような瞬間でした。

第4幕 第2場

Scottish Highlands, Aviemore Train Station, 1981
1981年、スコットランド・ハイランド地方、アヴィモア駅

アルバスとスコーピアスはなんとかスコットランドのAviemore（➡Info #1）にたどり着きました。ホグワーツがスコットランドにあることから考えると、どうやらここは学校からそう遠くないように思われます。

●新しい登場人物

◇ **Station Master** 駅長 ➡Info #2

語彙リスト

apprehensively (with anticipation) 不安そうに

frightened (scared) 怖くなって

upsetting things (changing the status quo) ものごとを滅茶苦茶にする、現状を変えてしまう

permanently (forever) 永遠に

complicated (difficult to understand) 複雑な、理解しにくい

fancied (fell in love with) 好きになった

wits (intelligence) 機知

very strong Scots (deep Scottish accent) 強いスコットランド訛り

Ye ken th' Auld Reekie train is running late, boys? ➡Info #2

If you're waiting oan th' Auld Reekie train, you'll need tae ken it's running late ➡Info #2

Train wirks oan th' line. It's a' oan th' amended time buird ➡Info #2

amended timetable (revised train timetable) 修正版の時刻表

thirtieth of October, 1981 1981年10月30日（ハロウィーンの前の晩）

▶▶ *p.48*

rebounded (bounced back) はね返った

The one with the power 力をもつ者 ➡Info #3

vanquish (defeat) 打ち破る

thrice (three times) 3回

seventh month dies (end of July) 7つめの月が終わるとき、7月末

questionable (doubtful) 疑わしい

Info #1 Aviemore

Aviemore はスコットランド・ハイランド地方 Cairngorms National Park に実在する、人口 2,500 人ほどの小さな町。1898 年以前は他の地域との行き来がほとんどない小さな村でしたが、この年に鉄道ができて以来、ハイキングやスキーのために多くの観光客が訪れる人気の場所になりました。

Info #2 Station Master

アヴィモアの駅長は強いスコットランド訛りで話すので、アルバスとスコーピアスは聞きとるのに苦労しています。アヴィモアの町の公用語は英語とスコットランド・ゲール語のふたつ。この町の住人の多くは、スコットランド・ゲール語の単語やフレーズが入り混じった、ハイブリッドな英語を話します。ですから、慣れない人にはとてもわかりにくいでしょう。駅長の台詞をふつうの英語にすると次のようになります。ちなみに、Auld Reekie は Old Smelly のこと。これは列車のニックネームです。

Ye ken th' Auld Reekie train is running late, boys?
⇒ Do you know that the train is delayed, boys?
きみたち、オールド・リーキー号が遅れてるってことは知ってるかな？

If you're waiting oan th' Auld Reekie train, you' ll need tae ken it's running late
⇒ If you are waiting for the train, you need to understand that it is delayed.
もしもオールド・リーキー号を待ってるなら、遅れてるってことをわかっててくれよ。

Train wirks oan th' line. It's a' oan th' amended time buird
⇒ The train lines are undergoing maintenance. The train is now running on an amended timetable.
線路を修理しているところなんだ。列車は今、修正版の時刻表で運行中だよ。

Info #3 The one with the power

これは第 5 巻 *Harry Potter and Harry Potter and the Order of the Phoe-*

*nix*に出てきた、トレローニー先生（Sybill Trelawney ▶▶ ***p.72***）の第１の予言の一部です。トレローニー先生はホグワーツの占い学の教師であるだけでなく、未来の出来事を予見することができました。この第１の予言は1980年、ハリーが誕生する前にトレローニー先生が唱えたもので、ヴォルデモート卿を打ち負かすことのできる力をもった子どもの誕生を予言するものでした。その子どもは７つめの月が死ぬとき（つまり７月の末）に、闇の帝王に３度抵抗したことのある両親のもとに生まれるというのです。ただし、ヴォルデモートを打ち負かす可能性があるというだけで、必ず打ち負かせるかどうかは保証されていませんでした。

What's More 17

ハリーの父親ジェームズ・ポッターは、1960年３月27日生まれ。純血の魔法使いで、父フリーモントと母ユーフェミアのひとり息子です。1971年から1978年までホグワーツに在学し、シリウス・ブラックとセブルス・スネイプと同学年。７年生のときには首席（Head Boy ▶▶ ***p.123***）に選ばれました。この年からリリー・エバンズとつきあうようになり、ふたりはのちに結婚します。

ハリーの母親リリー・ポッター（旧姓エバンズ）は1960年１月30日生まれ。マグル生まれの魔女で、姉はペチュニア・エバンズ。ペチュニアはのちにバーノン・ダーズリーと結婚し、子ども時代のハリーを養育することになります。リリーも1971年から1978年までホグワーツに在学し、７年生のときに首席に選ばれました。

ジェームズとリリーはホグワーツを卒業後まもなく結婚し（1978年夏から1979年秋までのどこか）、式ではシリウス・ブラックが新郎の付添人を務めました。姉ペチュニアは結婚式に出席しませんでした。ジェームズとリリーは、ヴォルデモート卿とその従者である死喰い人たちと戦うためにアルバス・ダンブルドアが結成した不死鳥の騎士団に入団し、フルタイムで従事しました。

ハリー・ポッターは1980年７月31日生まれ。シビル・トレローニーの予言（上記を参照）のせいで、ハリーはヴォルデモート卿に追い詰められ、1981年10月31日、ハロウィーンの夜に、ハリーを守ろうとしたジェームズとリリーは殺されてしまいました。この場面の39年前に起こった出来事です。

第4幕 第3場

Godric's Hollow, 1981
1981年、ゴドリックの谷

アルバスとスコーピアスはデルフィを捜して Godric's Hollow (▶▶ *p.*139) へやって来ました。

●新しい登場人物

◇ **Bathilda Bagshot** ［バティルダ・バグショット］ *A History of Magic* の著者
➡Info #1

語彙リスト

bustling (thriving)　活気あふれる
visible (obvious)　目に見える、明らかな
haunted (occupied by ghosts)　幽霊に取り憑かれて
statue (carved figure)　像
Squeak (Oh, my!)　おやまあ
My geekiness is a-quivering (the nerd in me is excited)　自分の中のオタクな部分が（著者の家を見て）興奮している
pushchair (baby buggy)　乳母車

Info #1 Bathilda Bagshot

A History of Magic（『魔法史』）を含めて10冊ほどの著書のある、魔法界の歴史家。*A History of Magic* はホグワーツで教科書として使われています。Bathilda Bagshot はゴドリックの谷に住んでいましたが、1997年の終わりにヴォルデモート卿に殺されました。ヴォルデモートは自分の蛇 Nagini (▶▶ *p.*79) を Bathilda の身体に乗り移らせ、ハリー・ポッターを襲うための罠として、ゴドリックの谷で待ち伏せをさせました。ハリーが両親の墓を訪れるためにここへやって来ることを予期していたからです。とはいえ、アルバスとスコーピアスが今やって来たのは1981年のゴドリックの谷ですから、Bathilda はこのときまだ生きていました。

第４幕　第４場

Ministry of Magic, Harry's Office
魔法省、ハリーのオフィス

この場面でハリーはダンブルドア先生と会話をしていますが、それはこの本では２度めです（▶▶ *p.94*）。また、ドラコ・マルフォイがここである秘密を打ち明けます。

語彙リスト

hurriedly (quickly)　大急ぎで
going through paperwork (checking documents)　書類のチェックをする
passive (not revealing his emotions)　無表情な
Marshalling forces (gathering people)　人々を戦いのために集める
limited (small)　限られた、小規模な
raged (fought)　荒れ狂って、戦われて
counted (mattered)　重要である
on your behalf (instead of you)　きみに代わって
spared you (prevented you)　きみを危険にあわせないようにした
proved (become)　～であることがわかった
resentments (bitterness)　怒り、恨み
Privet Drive プリベット通り ▶▶ *p.47*
cry (weep)　泣く
uncomplainingly (without complaining)　不満を言わずに
irreparable (irredeemable)　取り返しのつかない
fit person (suitable person)　ふさわしい人物
harm (damage)　傷つける
tricky (problematic)　扱いにくい
overcome (overwhelmed)　圧倒されて
messy (complicated)　込み入った、厄介な
Perfection (faultless actions)　完璧さ
beyond the reach (cannot be achieved)　手が届かない
humankind (people)　人間
shining (glittering)　輝く
drop of poison (small piece of toxicity)　一滴の毒、ほんのわずかな毒
suffer (be tormented)　苦しむ
Paint　絵具　＊ここではダンブルドアの肖像画を描くのに使われた絵具。
grief (sorrow)　悲しみ
give you the tour (show you around)　きみに（部屋の中を）見せてまわる
hesitantly (reluctantly)　しぶしぶ
distastefully (in disgust)　不快なようすで
fancied being (wanted to be)　～になりたいと思った
small talk (insignificant chat)　軽い

会話、世間話
skip (move)　移る
prototype (test model)　試作品
inexpensive (cheap)　安い
does the job (works properly)　それなりに機能する
Croaker　クローカー教授 ►► p.111
vanilla (bland, tacky)　ありきたりな、たいして魅力のない
gleams (shines)　輝く
Consider (think about)　考えてみてくれ
alternative (remaining option)　もうひとつの選択肢、別の可能性
credence (credibility)　信憑性
frail (weak)　虚弱な
malediction (anathema)　呪い
ancestor (forebear)　祖先
showed up (appeared)　発現した
resurface (appear again)　ふたたび現れる
generations (lifetimes)　何世代も
hid (concealed)　隠した
conserve (save)　保存する、使わずに残しておく
destined (fated)　運命づけられて
exceptionally (extremely)　並はずれて、ひどく
lonely (isolated)　孤独な
no escaping (no hiding from)　～から逃げることはできない
gossiping (rumour-spreading)　ゴシップ好きの
judgemental (discriminating)　断定的な、差別的な
shrouded (covered)　覆われて
endured (withstood)　耐えた
blighted (harmed)　傷つけた
barely resisting using it (only just managing not to use it)　もう少しでそれを使いそうになる、やっとのことでそれを使わずにいる
sell my soul (do anything)　魂を売り渡す、どんなことでもする
at the bottom of this dreadful pit (both comrades amid an awful situation)　この悲惨な穴の底で
centuries (hundreds of years)　何世紀も
fool's errand (an action only fools would embark upon)　無駄足　＊直訳は「愚者の使い」。やっても無駄なので、ふつうの人なら命じられても引き受けない。

第4幕　第5場

Godric's Hollow, Outside James and Lily Potter's House, 1981
1981年、ゴドリックの谷、ジェームズ＆リリー・ポッターの家の外

アルバスとスコーピアスは、どうすれば未来にメッセージを送ってアルバスの父親と連絡を取ることができるだろうかと知恵を絞ります。そしてふたりが思いついたのは、とても独創的な方法でした。

語彙リスト

beg (plead with)　請う
spoiler (something that reveals the plot of a book or movie)　本や映画などの筋を他人にばらす人、ネタばれをする人
infecting (creating a paradox)　影響を及ぼす
Pensieve　憂いの篩 ➡Info #1
unlikely (not very reliable)　あまり見込みがなさそうだが
traumatise (shock)　トラウマを与える、心に傷を与える
trauma (noun of traumatise)　トラウマ、心の傷
pleasurable (pleasant)　楽しい
companion (friend)　友
pram (baby buggy)　乳母車
occasionally (sometimes)　ときどき
bravery (courage)　勇敢さ
Pearl Dust　真珠の粉 ➡Info #2
relatively (comparatively)　比較的
rare (unusual)　稀少な
ingredient (component)　材料
pretty (quite)　とても
spilt (leaked)　こぼれた
getting (understanding)　理解する
reacts (causes a chemical reaction)　反応する
Tincture of Demiguise　デミガイズ液 ➡Info #3
naked eye (without the use of a microscope)　顕微鏡なしに
eureka (That's it!)　ユリイカ!、それだ! ＊アルキメデスが物理学の法則を発見したときにこう叫んだことから、「わかった!」という意味で使われる。
saw the point (understood the reason for)　理由がわかった
potioning (mixing a potion)　魔法薬を調合する

Info #1 Pensieve

Pensieve（憂いの篩）は浅い石の水盆で、持ち主は頭の中からあふれた思いや記憶をこの中に注ぎこんでおき、あとで時間のあるときに吟味することができます。ダンブルドア先生は、過去の出来事の詳細について何かを確認するために、たびたびこのPensieveを使っていました。ここでスコーピアスが提案しているのは、Pensieveを使うのと同じように、自分たちが伝えたいと思っているメッセージを赤ん坊のハリーに記憶させ、おとなになったハリーにそれを思い出してもらうという方法ですが、ハリーが思い出してくれるかどうかはわかりません。ですから、これはあまりいいアイディアとは言えませんね。

Info #2 Pearl Dust

文字どおり､真珠（pearl）をすりつぶして細かい粉（dust）にしたものです。魔法薬、とりわけLove Potion（惚れ薬）の材料として使われます。Love Potionにはいろいろな材料が混ぜ合わせてありますが、その中でも真珠の粉は必ず入れなければならないもののひとつなのです。

Info #3 Tincture of Demiguise

Demiguise（デミガイズ、葉隠れ獣）はアジアにすむ猿のような姿の生き物で、敵に脅かされると姿を消すことができます。透明マントの中には、この性質を利用して、Demiguiseの毛で織られているものもあります。Tinctureは何かの抽出物をアルコールに浸して作られた液状の製剤。したがってTincture of Demiguiseは、アルコールをベースにDemiguiseの抽出物を混ぜた液体、というわけです。

第4幕 | 第6場

Harry and Ginny Potter's House, Albus's Room
ハリー＆ジニー・ポッターの家、アルバスの部屋

未来にメッセージを送るためにアルバスとスコーピアスが考え出した方法はうまくいったのでしょうか。この場面ではその結果がわかります。

語彙リスト

Your shrine is preserved ➡Info #1

winces (cringes) 顔をしかめる

jumping to things (making hasty decisions) 結論に飛びつく、早合点する

assumed (presumed) 見なした

kidnapped (abducted) 誘拐されて

treat (handle) 扱う

Fred = Fred Weasley ▶▶ *p.24*

Fallen Fifty 倒れた 50 人 ＊ホグワーツの戦い（Battle of Hogwarts ▶▶ *p.59*）で死んだ 50 人。

Boy Who Lived 生き残った男の子 ▶▶ *p.45*

sways (moves from side to side) 左右に動く

whilst (while) 〜のあいだに

dismayed (upset) 動揺して

idiotic (stupid) 馬鹿げた

ruined (destroyed) 台無しにされて

firm (decisively) きっぱりとした

distinct (clear) はっきりとした

eyesight (vision) 視力

grid reference (longitude and latitude map reference numbers) 参照する緯度と経度

Info #1 Your shrine is preserved

shrine とはふつう、死後もなおあがめられている人の遺物がまつられ、人々が礼拝に訪れる場所です。けれども、もしその場所が崇拝者たちをひきつけているのなら、shrine という語はもっと軽い意味で使うこともできます。たとえばバーは、アルコール好きの人々にとっては shrine と言えるでしょう。ある俳優やミュージシャン、バンド、野球チームなどのファンも、いくらかのスペースを設けてその写真や記念品を置くならば、自分の部屋に shrine を築くことができます。ここの場合、ハリーはアルバスの部屋を shrine と呼ん

でいます。なぜならジニーは、ハリーがその部屋で何かの置き場所を変えることさえ許さないからです。ハリーは部屋がpreserveされていると言っていますが、それはつまり、部屋の中のものには何も手をつけていないということです。ハリーは軽い意味でこのshrineという語を使っていますが、アルバスが行方不明で、ひょっとしたら死んでいるかもしれないという状況の中で、ジニーはその語を元来の意味で受け取ったのかもしれません。ハリーはそれに気づき、すぐさまジニーに謝ったのでした。

What's More 18

第4章第5場でアルバスとスコーピアスが見せた魔法薬の知識は、ホグワーツの魔法薬学の授業（Potions class ▶▶ *p.37*）で学んだものでした。ホグワーツでは、魔法薬学は1年生から5年生までの必修科目。混ぜ合わせる材料を学ぶだけではなく、混ぜ入れるタイミング、熟成に必要な時間、混ぜ方、瓶に詰める方法なども学びます。きちんと効力を発揮する魔法薬を作るには、どれも重要なことなのです。毎年、新学期が始まる前に、ホグワーツの生徒たちは授業に必要なもののリストを学校から受け取りますが、その中には、大鍋や教科書、魔法薬の材料など、魔法薬学の授業に必要なものも含まれています。ただし、特に珍しい高価な材料や危険な材料は、事前に用意する必要はなく、学校が用意してくれます。

これらのものはみな、魔法界とマグル界の境界にある入り口から入る商店街、ダイアゴン横丁（Diagon Alley ▶▶ *p.71*）で買いそろえることができます。魔法薬学の授業に必要なものを買うには、大鍋はPotage's Cauldron Shop、教科書はFlourish and Blotts、材料はSlug & Jiggers Apothecaryに行かなければなりません。

ダイアゴン横丁にはこのほか、生徒たちがローブを買うMadam Malkin's Robes for All Occasions、杖を買うOllivanders、クィディッチのための用具を買うQuality Quidditch Suppliesがあります。それからもちろん、ロンが働いているWeasley's Wizard Wheezesがここダイアゴン横丁にあることも、忘れるわけにはいきません。

第４幕　第７場

Godric's Hollow ゴドリックの谷

この場面で、ハリーたちはゴドリックの谷にやってきました。アルバスとスコーピアスのいる過去へと向かうためです。

語彙リスト

expanded (grown larger)　拡張した

popular as a weekend break (famous as a place for short weekend trips)　週末に出かける場所として人気

thatched roofs (traditional roofs made of straw)　藁ぶき屋根

farmers' market (agricultural market)　農産物直売市

unwelcome ponytails added to the mix　歓迎されないポニーテールのやつらも混ざっているけどな ➡Info #1

knows a barb when he hears one (recognizes that he has been insulted)　彼は自分が嫌味を言われていることに気づく

chummy chummy (friendly)　仲よしの

witheringly (angrily)　相手を委縮させるように

takes the hit (accepts the reprove)　非難を受ける、たしなめられる

unwavering gaze (steady stare)　まったくひるむことのない凝視

Info #1　unwelcome ponytails added to the mix

ドラコとその父親はその金髪をポニーテールにしています。ロンはドラコが自分たちの味方であることを、まだ受け入れられずにいます。ロンのこのコメントは、ゴドリックの谷は昔のことを思い出させてくれるけれど、今は昔とまったく違っている、今は不快なポニーテールのやつらが混じっているから、という意味です。

第4幕

第8場

Godric's Hollow, A Shed, 1981
1981年、ゴドリックの谷、小屋

この場面ではふたつの家族がめでたく再会します。場面のタイトルにあるshedとは、庭にある小屋のこと。

語彙リスト

takes in (notices)　気づく
band (group)　集団
trots (jogs)　小走りする
disappeared (vanished)　消えた
gratefully (thankfully)　感謝を込めて
Time is of the essence (we have no time to waste)　時間が最も重要、時間を無駄にするわけにはいかない
multiple (several)　多数の
observation (viewing)　観測、監視
ticks all of those boxes ➡Info #1

Info #1　ticks all of those boxes

これをmatches all those conditions（これらの条件すべてに当てはまる）と言い換えることもできるでしょう。ticks all of those boxesの文字どおりの意味は、アンケートなどで自分に該当する欄に印をつける（☑）という意味です。ここの場合、みんなが見張りに立つ場所として、ハーマイオニーは次の3つの条件をあげています。(1) 町がよく見える場所、(2) あらゆる方角がはっきりと見える場所、(3) 自分たちの姿が隠せる場所。そしてこれらの欄すべてに印をつけられる場所、つまり条件すべてに当てはまる場所は教会だ、とハーマイオニーは言っているのです。

第４幕　第９場

Godric's Hollow, Church, Sanctuary, 1981
1981年、ゴドリックの谷、教会の内陣

この場面では、ハリーとジニーが状況を話し合っています。そのとき突然、ジニーがあることに気づき、何をすればいいのかが見えてきます。

語彙リスト

pew (long bench-like seat used in churches)　教会の長椅子

speed it up (make it faster)　（時間を）早く進める

form (body)　身体

masterful (a brainwave)　名人芸の、（思いつきなどが）見事な

Chamber of Secrets　秘密の部屋 ➡Info #1

bewitched (taken control of with a magic spel)　魔法をかけられて、魔法で操られて

diary (journal)　日記

ignored (refused to speak to)　無視した

boy who had everything　すべての条件を満たした男の子　＊ハリー・ポッターを指す。

Exploding Snap　爆発スナップ ➡Info #2

heroic in really quiet ways (courageous in ways other people don't see)　他人には見えない形で英雄的な

sacrifice (selfless act for the sake of a greater objective)　犠牲にする

specific love (love directed only at him (Albus))　アルバスだけに注がれた愛

counter-charm (spell that is able to take the effect out of another spell)　反対呪文　＊ある魔法の効果を取り除くことのできる呪文。

discuss (talk about)　～について話す

focus (concentrate)　集中する

thought occurs to **Ginny** (Ginny realizes something)　ジニーがあることに気づく

not entirely following (don't really understand what you mean)　きみの言っていることがよくわからない

Info #1 Chamber of Secrets

Chamber of Secrets（秘密の部屋）は第2巻 *Harry Potter and Chamber of Secrets* のメインテーマでした。この部屋はもともと、中世にサラザール・スリザリンがホグワーツの地下に作ったものです。サラザール・スリザリンは純血にこだわり、マグルの親をもつ生徒をホグワーツから追放したいと考えていたという点で、ホグワーツのほかの創立者たちとは意見を異にしていました。この部屋の入り口は2階の女子トイレ（girls' bathroom on the first floor ▶▶ *p.*115）にあり、部屋にはバジリスクという怪物がすんでいました。1992年にジニーはトム・リドルの日記によってヴォルデモートの呪いをかけられ、部屋を開けてしまいます。その結果、バジリスクが放たれてしまいました。ジニーは人質にとられ、部屋に閉じ込められますが、ハリーがバジリスクを退治し、ジニーを救い出しました。

Info #2 Exploding Snap

イギリスの子どもたちに人気のトランプ・ゲーム snap の魔法界版。snap とは次のようなゲームです。ゲームの参加者に、まずトランプの札を同じ枚数ずつ配ります。そしてげーブルの真ん中に、カードを1枚ずつ、次々と順番に出していきます。出されたカードの数字（あるいはキング、クイーン、ジャックの絵）が、そのすぐ下のカードと一致したときに、最初に 'Snap!' と叫んだ人が、そこに置かれているすべてのカードをもらうことができます。そしてみんなの手札がなくなったときに、カードを持っている人が勝ちです。魔法界では、おそらく 'Snap!' と叫んだときにカードが爆発するのでしょう。

第4幕 第10場

Godric's Hollow, Church, 1981
1981年、ゴドリックの谷、教会

ハリーたちはデルフィをおびき寄せる方法を話し合っています。彼らが考えついた方法は、かなり危険な方法でした。

語彙リスト

gathered (together)　集められて
full of confusion (don't know what to do)　すっかり混乱して
turns up (arrives)　現れる
Blimey (Oh, my God)　くそっ！ ＊イギリスのスラング。
Polyjuicing (making the Polyjuice potion)　ポリジュース薬の調合
basement (cellar)　地下室
concept (idea)　考え
mouse for her cat (bait that will attract her)　猫をおびき寄せるネズミ、彼女を誘い寄せるためのおとり
transfiguration (the spell to change into somebody else)　変身術
blow my own trumpet (boast)　自慢する
chilled (sensible)　落ち着いていて思慮のある
intense (forceful)　強力な
introspective (thoughtful)　考え込んで
precision (accuracy)　正確さ
right (duty)　正当な資格
draw lots　くじを引く ➡Info #1
mad (stupid)　頭がおかしい
without hesitation (without any doubts)　何の迷いもなく
put (said)　言葉で表現されて
valid (justified)　もっともな
Gin = Ginny
route (path)　道筋
zap her (fire spells at her)　攻撃する
Rose Window (stained-glass window)　ばら窓、ステンドグラスの窓
what ifs (unknown factors)　「もし〜したらどうなるか」というようなこと、未知の要素
see thought it (realise that it' s not bona fide)　見破る
withdraws (pulls out)　引き出す
clasps (holds)　握る
monstrous (unsightly)　見苦しい
horrendous (awful)　恐ろしい
aghast (in terror)　ぎょっとして
Bloody hell (Oh, my God)　うわっ！ ＊イギリスのスラング。

Info #1 draw lots

lot は「くじ」のこと。誰かを選び出すときにイギリスで最もよく行われるくじ引きは、紐を使った方法です。同じ長さの紐を人数分用意し、そのうちの 1 本だけ短くしておきます。紐の端が見えないように紐を握るか袋などに入れ、ひとり 1 本ずつ紐を引き抜きます。短い紐を引いた人が「当たり」です。

What's More ⑲

ヴォルデモート卿はトム・マールヴォロ・リドル（Tom Marvolo Riddle ▶▶ *p.30*）として、1926 年 12 月 31 日にロンドンのウール孤児院で生まれました。母親のメローピー・リドル（旧姓ゴーント）は、魔法界の由緒ある一族ゴーント家の出身。ゴーント家はかつて裕福でしたが、豪奢な暮らしで財産を失っていました。トムの祖父マールヴォロ・ゴーントと伯父モーフィン・ゴーントは、ホグワーツの創立者のひとりサラザール・スリザリンの男子の末裔でした。トムの父親トム・リドル・シニアは裕福なマグルでしたが、メローピーに惚れ薬を飲まされ、彼女と結婚します。しかし惚れ薬の効き目が切れてわれに返ったトム・リドルは、すでにトム・リドルを身ごもっていたメローピーを捨て去りました。

捨てられたメローピーは、ある日、ウール孤児院にたどり着き、トム・マールヴォロを出産します。その後まもなくメローピーは世を去り、トムは自分に魔法使いの血が流れていることを知らずに成長します。しかしトムは、自分がほかの子どもたちと違っていることに気づくようになりました。トムは他人の心を支配することができたのです。また、動物を思いのままに操ることができ、蛇語（Parseltongue ▶▶ *p.80*）を使って蛇と会話することもできました。そしてこれらの能力を用いて、孤児院にいるほかの子どもたちをいじめただけでなく、たびたび盗みもはたらきました。

トムが 11 歳になったとき、ダンブルドアがトムを訪ねてきました。トムは自分が魔法使いであることを告げられ、ホグワーツに入学するよう勧められます。ホグワーツでのトムは、自分の魔法の能力を濫用し、ダンブルドアに警戒心を抱かせます。また、言いなりになるスリザリン生たちを取り巻きにしはじめ、そのうちの何人かはのちに死喰い人となります。5 年生のとき、トムは秘密の部屋（Chamber of Secrets ▶▶ *p.172*）の封印を解き、中にいたバジリスクを放ったため、数人の生徒が襲われ、死者まで出てしまいました。ホグワーツを卒業後、数十年かけて死喰い人たちを集め、1970 年にはヴォルデモート卿の名で権力をふるいはじめます。それとともに始まった第一次魔法戦争は、1981 年、ハリー・ポッターを殺そうとして自分の力を失ったときに終結しました。

第4幕 第11場

Godric's Hollow, Church, 1981
1981年、ゴドリックの谷、教会

ハリーたちの前についにデルフィが現れます。そしてこの場面の最後には、まったくありがたくない人物まで登場します。

●新しい登場人物

◇ **Bellatrix Lestrange**［ベラトリクス・レストレインジ］ 死喰い人。Draco Malfoy の母親の姉➡Info #1

◇ **Rodolphus Lestrange**［ロドルファス・レストレインジ］死喰い人。Bellatrix Lestrange の夫➡Info #1

語彙リスト

shrouded in (looking like) ～に覆われて、～の姿になって
innocents (naïve people) 純真な人
web (trap) クモの巣、罠
one shot (one chance) 一度だけのチャンス
bossed around (ordered about) 偉そうに命令されて
mildly (somewhat) 少し
scatter (disperse) 散らばる
major (large) 大きな
regret it (wish you hadn't) それを後悔する
imploringly (beseechingly) 哀願するように
Malfoy Manor マルフォイ・マナー ＊マルフォイ家の邸宅。
certain similarities (some elements that look the same) いくつか似たところ
inherited (succeeded) 受け継いだ
proof (evidence) 証拠
intently (eagerly) 熱心に
viciously (cruelly) 悪意を込めて
effortlessly (easily) 苦もなく、楽々と
flight (flying) 飛行
equal (as powerful as) 同等の
claim (state) 主張する
worthy (meritorious) 匹敵する
devoted (dedicated) 捧げた
wield (hold) 行使する
mission (objective) 使命、目的
dismayed (disappointed) おじけづいて
sprout (grow) 生える
shrinks down (lowers himself) ひるむ
glimpse (view) ちらりと見ること
unleashes (fires) 放つ
sealed (locked) 封じた、鍵をかけた
supreme (greatest) 最高の
rolls (turns over and over while

lying on the floor)　転がる
crawls (moves on all fours)　這う
frantically (urgently)　必死に
Wingardium Leviosa　ウィンガーディアム・レビオーサ ➡Info #2
destruction (non-existence)　破滅
assured (guaranteed)　保証されて
bored (having nothing else to do)　退屈な、ほかにすることがない
grate (metal trapdoor)　格子
Avada—　死の呪文 Avada Kedavra を途中まで言いかけたもの ▶▶ *p.79*
exasperation (frustration)　怒り
titanic (enormous)　巨大な
tumbles (falls)　倒れる
advances (moves toward)　進む
injured (wounded)　けがをして
pitiful (pathetic)　哀れな
rot (decay)　腐る、朽ちる
Silencio　シレンシオ ➡Info #3
gagged (ability to speak removed)　口をきけなくされて

Info #1 Bellatrix Lestrange

ヴォルデモートの最も危険で残虐な従者のひとり。魔法界の名門ブラック家に生まれましたが、ネビル・ロングボトムの両親を拷問により廃人にしてしまったかどで、夫 Rodolphus Lestrange とともにアズカバンに投獄されていました。1996 年にアズカバンから多くの囚人が脱獄したときに Bellatrix も脱獄。ふたたび死喰い人に加わりますが、ホグワーツの戦いでロンの母親モリー・ウィーズリーに殺されました。

Info #2 Wingardium Leviosa

物を飛ばしたり空中に浮遊させたりする呪文。Leviosa は英語 levitate（空中に浮かぶ）の語源でもあるラテン語 *levitas*（軽さ）に由来。Wingardium は英語 wing（翼）をラテン語風にしたものです。

Info #3 Silencio

相手を黙らせる Silencing Charm（黙らせ呪文）。英語 silence（沈黙）の語源でもあるラテン語 *silentium*（静けさ）に由来。

第4幕

第12場

Godric's Hollow, 1981 1981年、ゴドリックの谷

短いけれども非常に心痛む場面です。ハリーは両親の痛ましい死を目撃することになるのですから。

語彙リスト

witness (watch)　目撃する、立ち会う
have mercy (show some pity)　憐れみをかけてください
sent to the floor (knocked over)　床に押し倒されて
shrunken scream (fading cry)　徐々に小さくなっていく叫び声
rotates (turns)　回転する

第4幕 第13場

Godric's Hollow, Inside James and Lily Potter's House, 1981
1981年、ゴドリックの谷、ジェームズ&リリー・ポッターの家

この場面にはハグリッドが登場します。両親を失ったハリーを探しに来たのです(➡Info #1)。

語彙リスト

ruins (destroyed remains)　廃墟
undergone (experienced)　経験した
unwilling (not wanting to)　気が進まない
I were = I was
bows his head (lowers his head)　頭を垂れる
mutters (mumbles)　つぶやく
crumpled (screwed up)　くしゃくしゃの
yeh = you
Them = those
flashing blues (flashing blue lights)　青いライトのひらめき　＊警察の車が来ていることを示す。イギリスの警察の車の警光灯は青色が一般的。
'preciate = appreciate
lummox (large, clumsy man)　でくのぼう
sob (cry)　すすり泣き
anyfolk (anybody)　誰も
snuffling (noise a baby makes when breathing heavily)　(赤ちゃんの)ぐずり泣き
crib (baby bed)　赤ちゃん用ベッド
radiate (emit)　(光を)発する
'Cos = because
An' = and
gonna = going to
ethereal (light and delicate)　軽やかで繊細な
strides (walks)　大股で歩く

Info #1 Hagrid searching for Harry

シリーズ全体を通して、この場面が連想される箇所はたびたびありましたが、実際に描かれるのはこれが初めてです。ゴドリックの谷にあるハリーの家から赤ちゃんのハリーを連れ出し、ダーズリー家に連れていくハグリッドの姿が描かれています。ハグリッドがプリベット通りに現れた場面は、第1巻 *Harry Potter and the Philosopher's Stone* の第1章にあります。

第４幕 第14場

Hogwarts, Classroom ホグワーツの教室

私たちはすべての問題を解決して、ようやく本物の現実に戻ってきました。アルバスとスコーピアスがいかにも男の子らしく、ガールフレンドのことで互いに相手をからかっているのを見ると、ああ、やっと戻れたんだ、とほっとしますね。

語彙リスト

full of excitement (agitated) ひどく興奮して
asked out (invited on a date) デートに誘った
planted the acorn (sewed the seed) どんぐりを植えた
eventual (future) 将来の
utter (complete) まったくの
fantasist (dreamer) 夢想家
significantly (increasingly) 著しく
logic would dictate (logical thinking would indicate) 論理的に考えれば
notorious (famous) 有名な
Rose is a Rose ➡Info #1
Correction (revision) 訂正、もとい
pity (sympathy) 憐れみ、同情
foundation (base) 土台、基盤
palace (a magnificent structure) 宮殿
smoky-eyed (sexy) セクシーな ＊もともとは「黒っぽいアイメイクをした」という意味。
seduce (beguile) 誘惑する
admire (respect) 立派だと思う
punches (hits) パンチを食らわせる
practising (training) 練習する
make the team (become a member of the team) チームのメンバーになる
time away from (a break) ～をしばらく休む、休暇をとる
bonding thing (scenario to improve bonds) 絆を深めること
vomit-inducing (sickening) 吐き気がしそうな
dislocate (separate) 別れる

Info #1 Rose is a Rose

これはスコーピアスのジョークです。'Rose is a rose is a rose is a rose.'(バラはバラであり、バラであり、バラである）という文は、アメリカの詩人・小説家ガートルード・スタインが 1913 年に 'Sacred Emily' という詩の中で書きました（初出は 1922 年に出版された *Geography and Plays* という本の中)。これはシェイクスピアの *Romeo and Juliet* の中に出てくるジュリエットの台詞を応用したものと思われます。ジュリエットの台詞は次のとおり。'What's in a name? That which we call a rose by any other name would smell as sweet.'（名前って何でしょう？　私たちがバラと呼ぶものは、ほかのどんな名前で呼んでも甘く香るでしょう)。ものごとは何と呼ばれようとも、その本質は変わらないという意味です。もちろん、この場面でスコーピアスが言っているのは、バラの花ではなく、ロンとハーマイオニーの娘ローズのことです。ローズはポリー・チャップマンほど美人ではないかもしれないけれど、それでもローズはローズ。そのままで、何も変える必要がないほど美しい、と言っているのでしょう。

第4幕 第15場

A Beautiful Hill 美しい丘

残念なことに、とうとう最後の場面になってしまいました。ここで私たちは、ハリーとその息子アルバスとの和解をようやく見ることになります。

語彙リスト

confusing (difficult to explain) 混乱させるような

smoke ring thing (blowing smoke rings from the tip of his magic wand) 杖の先から煙の輪を出すこと

giggling (laughing) 笑う

reach each other (establish a bond) 互いに相手の心に触れようとする、絆を築こうとする

physically (bodily) 身体的に

rid of (free of) ～から解放されて

mentally (within the mind) 精神的に、心の中で

scrunches (screws) ゆがめる

pecky ＊鳩が食べ物をついばむという意味の peck を形容詞にしたもの。

give me the creeps (make me feel uncomfortable) ぞっとさせられる

harmless (not dangerous) 無害な

operating without wires (raising you without a manual) マニュアルなしにきみを育てている ＊父親というロールモデルがいたなら、操り人形がワイヤーで操られるように、父親に倣うことができたはずだったという含み。

bold (courageous) 大胆な

funny (humorous) ユーモアのある

brought her out into the light (forced her to reveal herself) 彼女にその正体を暴露させた

escapade (adventure) 冒険

some wizard (a talented wizard) なかなか大した魔法使い

going into (become involved in) ～の道に入る

trials (problems) 試練

melt together (move closer to each other) 溶け合う

Harry Potter and the Cursed Child の語彙分析から

長沼 君主（東海大学准教授）

第8巻は舞台脚本

「ハリー・ポッター」シリーズは第7巻で完結し、続編は出ないかと思われていましたが、これまでとは異なった形で続きの話が刊行されました。待望の第8巻はシリーズの終わりから19年後を描いたもので、演劇の脚本として執筆されています。タイトルの「呪われた子ども」からわかるように、ハリーたちの子どもの世代が中心となる話です。実際に脚本は舞台化され、2016年の7月からロンドンのパレス・シアター（The Palace Theatre）で上演されています。今回出版されたのはリハーサルで使用された脚本を書籍化したもので、今後、最終脚本に基づいたコレクターズ版も出版される予定です。今回の分析は特別リハーサル版をもとにしています。戯曲であることのほかにも、著者にはJ.K. ローリングに加えて、脚本の執筆にあたったジャック・ソーンと監督を務めたジョン・ティファニーの名前があがっており、これまでとは異なって合作での作品であるため、印象が異なるでしょう。

第1巻や第2巻の半分くらいのボリューム

第7巻までのシリーズの累計での総語数は108万6520語と100万語を越えていましたが（ここでいう総語数や以下の異なり語数とは、数字や間投詞のたぐい、また、途中で言いかけてやめたりなどの、語を形成していないゴミなどを省いたもので、あくまでも目安です）、今回はそれほどのボリュームはないようです。シリーズの中では比較的薄い第1巻が約7万7千語、第2巻が約8万5千語であったのに対して、第8巻は約4万4千語（44,875語）であり、半分ほどの分量です。舞台の脚本であるため章（Chapter）に分かれておらず、Part 1とPart 2の2部構成で、それぞれが2幕（Act）に分かれ、さらに細かな場面（Scene）に分かれています。Act 1が12,607語、Act 2が11,131語、Act 3が11,181語、Act 4が9,956語と、それぞれの幕は1万語程度で、これまで各章が平均すると5

千語前後であったことを考えるとおよそ2章分の分量で一幕が成り立っています。各場面の区切りも短く、これまでと比べて気軽に読み進められるのではないでしょうか。

新しく出てきた単語は？

シリーズを読み進めて行くと新出語彙はだんだんと減っていき、第2巻で初出の語は5.0%（3.6%）、第3巻で3.4%（1.8%）、第4巻で2.9%（1.6%）、第5巻で1.9%（1.8%）、第6巻で1.4%（0.8%）、第7巻で1.1%（0.6%）、第8巻では1.4%（0.5%）となります。かっこ内は人名や魔法の世界の言葉などの固有名詞などを除いた比率です。実際、第8巻でこれまでに出会ったことのない単語の総語数はたったの646語で、語彙の種類（異なり語）でみても253語です。固有名詞以外では238語と200語となります。すべての語彙を覚えていることはないとしても見知った語も多く、少しずつ引っ掛かりを覚え、語感がつかめるものも多いでしょう。

これまでの巻で未出で第8巻に出てくる語のうち、固有名詞等を除くと、3回以上出て来る語は6語だけです。auditoriumは6回出てきますが、いずれもト書きの状況描写の中で、最初はディメンター（Dementor）の登場場面としてホグワーツの「講堂（ホール）」が描かれ、その後も物語の重要な舞台として印象的に使われます。ただし、劇のト書きのため、建物そのものに関する詳しい描写等はなく、単語の理解がないと状況が分かりづらいという特徴もあります。もう1つ6回出てきている語はspoolingです。第8巻のキーアイテムとなる時を巻き戻すTime-Turnerの描写で、こちらもト書きで用いられています。spoolは「糸巻き」のことで、「巻き取る」の意味も持ち、テープのひと巻なども示します。ここでは、"And time stops. And then it turns over, thinks a bit, and begins spooling backwards, slow at first... And then it speeds up." と、時が止まった後で、タイムターナーが回転し（turn over）、最初はゆっくりと、次第に早く巻き戻り始める（spooling backwards）といった描写の中で用いられ、使用場面では似た描写が繰り返しされています。クルクルと回転する様子にはspinningも使われています。初めてタイムターナーが出てきたのは、第3巻でハグリッドを救出しに行く場面で、"Hermione turned the hourglass over three times.” と、ハリーの首にかけた砂時計を3回回転させて、3時間巻き戻していました。第8巻ではタイムターナーの描写はないですが、回転しているのは砂時計です。ここでもト書きであっさりと情景を描写していることが分かります。ひと巻で1時間だとすると高速で巻き戻っているということは、かなり時を戻っていることになり、少し難しいspoolの語が効果的に使われています。

第8巻までの未出語（および低頻度の既出語）で複数回出現する語

word	vol. 8	vol.1-7	word	vol. 8	vol.1-7
niece	8	3	reset	3	0
auditorium	6	0	rewrite	3	0
spooling	6	0	disease	3	1
paperwork	5	2	guy	3	1
digest	5	4	heartbroken	3	1
unhappiness	4	0	lame	3	1
dryly	4	1	custody	3	2
pearl	4	1	decisively	3	2
pigeon	4	1	resurrect	3	2
logic	4	3	specifically	3	2
rebel	4	3	burp	3	4
scorpion	4	3	dismay	3	4
discombobulated	3	0	marriage	3	4

次に多いのは4回のunhappinessですが、これまで1度も出てきていないのが興味深いです。happinessは一方で第7巻までに37回出てきており、第8巻では1回出てきます。“both full of unhappiness” “filled with pure unhappiness” のような表現でト書きで使われており、タイトルの示す通り、暗い雰囲気が漂います。happinessもダンブルドアがハリーにかける言葉で、“In every shining moment of happiness is that drop of poison: the knowledge that pain will come again.” のように使われ、輝かしい幸せの一瞬にはすべて苦痛が再び来るという毒の一滴があるといった意味になるでしょうか。“Be honest to those you love, show your pain.” とセリフは続き、これまでのシリーズと同様に愛する者に正直に苦痛を示すようにとアドバイスをしています。もう一つだけ、3 回出現した語のうち見慣れない discombobulated（困惑・混乱した）は、登場人物の名前の横にカッコに入れて、心理状態を表わす際などに使われています。これは 19 世紀になってアメリカで作られた造語（coinage）で、discompose（不安にする・心を乱す）や discomfort（不快・不安にする）などを想起させる語として生まれたとされており、わざと難しい言い回しをすることで、おどけたニュアンスがでてきます。ちなみに、造語のため dis- のない形は見られません。こうしてみると、これまで出会っていない語はト書きの描写等で用いられていることが多く、今回異なった文体が使われていることにもよるでしょう。

参考までに左の表にこれまで 5 回未満しか出てきておらず、今回 3 回以上出てきている語をまとめておきます。lame は冒頭のシーンで、おなじみのウィズリー兄弟のジョークグッズを使ってロンがおどけているのに対して、いつもの見え透いたのをやっている（“Mum! Dad’s doing that lame thing again.”）と娘のローズが言っていたのが印象に残っているでしょうか。他に rebel（反抗する）や custody（拘留）、resurrect（復活させる）などの内容に関わる語も含みますが、dryly や rewrite など基本語の派生語や niece（姪）などのたまたまあまり出てきていなかった語もあり、知っている語も含まれているでしょう。scorpion はドラコ・マルフォイの息子のスコーピウスのあだ名の Scorpion King（蠍王）として出てきます。なお、dryly（そっけなく）は discombobulated と同様にカッコ内で用いられています。

セリフ主体で 90% 程度は基本語彙や固有名詞など

それでは今回の脚本の語彙的な読み易さはどうでしょうか。使われている語彙の難易度を「中学レベルで習う単語：約 500 語」（中学校学習指導要領平成 3 年度版別表の必修語彙リスト）と「高校 1 年生レベルで習う単語：約 1000 語」（平成 12 年度版の英語 I の教科書 48 社分のテキストから作成された語彙リスト－杉浦リスト－をベースに頻度上位の語彙から中学必修語彙や不規則変化形を除いたリスト）で見てみると、第 8 巻の語彙のうちの 67.9% が中学レベルの語彙で、高校1年生レベルが10.6%と、合わせて78.5%でした。第1巻から第7巻までを通してみると、中学レベルが66.2%、高校1年生レベルが12.7%で、合計すると78.9%ですので、第8巻はやや中学レベルの語彙が多いもののそれほど全体的な難易度は変わらなそうです。

第7巻までには固有名詞などが各巻7～8%程度は含まれており、86.5%が基本語彙で分かる計算になります。一方で、今回は11.6%と固有名詞などの比率が高く、合わせると90.1%です。これは脚本のセリフに登場人物が記されているためで、そうした登場人物名を除くと（ト書き内は削除なし）6.9%になり、これまでと大きな差はありません。総語数も変わるため再度計算してみると中学レベルの語彙比率は71.7%となり、第7巻までのシリーズで最も平易な第1巻の69.1%よりも高くなります。高校レベルの語彙の11.0%と合計すると82.7%は基本語彙で読めることになり、固有名詞等と合わせると90.0%で、結局は登場人物名を含めた比率とほぼ同じ結果となりました。第1巻は89.0%でしたので、同じような読み易さであると言えるでしょう。

今回の第8巻は脚本ということもあって会話が主体となり、比較的平易な語や言い回しが多かった印象ですが、これまでのシリーズと比べるとどうでしょうか。第1巻から第7巻までを合算すると会話文が35.7%、地の文が64.3%と約3分の2が地の文の語りの部分で、この比率は各巻でそれほど大きくは変わらず、今回の第8巻で状況を描写したト書き部分が少なかったのと反対です。第7巻までの会話文と地の文とで中学及び高校1年生レベルの基本語彙比率を比べてみると、地の文では中学語彙が62.5%、高校語彙が13.3%で合計75.9%、会話文ではそれぞれ72.9%と11.6%で合わせて84.5%となり、会話文の方が易しい語彙で成り立っている印象が裏付けられる結果となっています。

さらに上位の語彙まで見てみると

中高の基本語彙（高校1年生レベルまで）の1500語のカバー率を見てきましたが、さらに上位の語彙まで見ていくとどうなるでしょうか。現在、世界中で注目を集めており、海外出版社の様々なテキストや多読教材でも参照されているヨーロッパ言語共通参照枠（CEFR）の基準に照らし合わせてみます。日本版の『CEFR-J Wordlist Version 1.0』（東京外国語大学投野由紀夫研究室）では、A1は小学校～中学2年程度で1068語、A2は中学3年～高校1、2年程度で1358語、B1は高校3年～大学受験レベルで2359語、B2は大学受験～大学教養レベルで2785語が見出し語としてリストされています。第8巻の語彙レベルをチェックしてみると、A1レベルで54.9%、A2レベルで13.6%（68.5%）、B1レベルで8.9%（77.4%）、B2レベルで7.2%（84.6%）のカバー率です（カッコ内は累積比率）。B2レベルまでいくと、固有名詞等を合わせて96.1%が分かることになります。未知の語彙の類推が無理なくできるのは20語に1語とも言われており、B2の7570語レベルがストレスなく読めるレベルであると言えるでしょう。

もう一つ話し言葉（S）と書き言葉（W）のコーパスに基づいた頻出語を、それぞれで3000語ずつ（各3段階）用いている『ロングマン現代英英辞典』の定義語リストからも見てみます。話し言葉はS1で69.0%、S2で7.6%、S3で3.5%の合計80.1%、書き言葉はW1で66.9%、W2で6.2%、W3で6.8%の合計79.8%であり、合計を比べると差はあまりありませんが、話し言葉の上位1000語（S1）で、書き言葉の上位1000語（W2）よりもカバー率がやや高いのが分かります。ロングマンの定義語は話し言葉と書き言葉でレベルが異なるのが特徴で、例えば、S3の語彙で頻度の高かったrise（111）、smile（53）、leave（50）は、書き言葉のリストでは、それぞれW2、W1、W2です。なお、CEFR-Jではいずれも B1レベルです。ただし、riseとleaveは名詞としてのレベルであり、動詞としてはS2とW1、S1とW1となります。smileは逆に動詞としてのレベルで、名詞としてはS2とW2で同レベルです。CEFRでもケンブリッジ英検の学習者コーパスに基づいてEnglish Vocabulary Profileが公開され（http://www.englishprofile.org/wordlists)、多義語では品詞や語義ごとのレベルが確認できるようになっています。ちなみに、smileはいずれの品詞でもB1レベル、riseは動詞でも太陽などが登るのはB1ですが、より抽象的に増加するのはB2レベルで、名詞もB2となります。さらに、支払いに関しては名詞でもC1レベルです。ハリー・ポッターの語彙に触れながら、より深い語彙の世界を意識してみてください。

＜分析表 1 ＞第 1 巻から第 8 巻までの異なり語数と総語数および基本語比率

		type			token					
		all	nrt	cnv	all	nrt	cnv	JHS	HS	Sum
Vol.8	frq	2923	–	–	44875	–	–	30470	4755	35225
	%		–	–		–	–	67.9	10.6	78.5
Vol.1	frq	3836	3337	1975	77089	51631	25458	53289	9827	63116
	%		87.0	51.5		67.0	33.0	69.1	12.7	81.9
Vol.2	frq	4703	3974	2360	85116	55278	29838	55773	11071	66844
	%		84.5	50.2		64.9	35.1	65.5	13.0	78.5
Vol.3	frq	5019	4277	2670	107198	69375	37823	70388	13821	84209
	%		85.2	53.2		64.7	35.3	65.7	12.9	78.6
Vol.4	frq	6796	5859	3605	190720	129040	61680	126201	24479	150680
	%		86.2	53.0		67.7	32.3	66.2	12.8	79.0
Vol.5	frq	7905	6740	4233	256866	167025	89841	170426	32628	203054
	%		85.3	53.5		65.0	35.0	66.3	12.7	79.1
Vol.6	frq	7053	5676	4066	169907	98559	71348	112349	21736	134085
	%		80.5	57.6		58.0	42.0	66.1	12.8	78.9
Vol.7	frq	7460	6298	3863	199625	127691	71934	131225	24508	155733
	%		84.4	51.8		64.0	36.0	65.7	12.3	78.0
Vol.1-7	frq	–	–	–	1086521	698599	387922	719651	138070	857721
	%		–	–		64.3	35.7	66.2	12.7	78.9

*frq= 頻度（出現回数）、type= 異なり語数（語の種類）、token= 総語数
*JHS=「中学レベルで習う単語：約 500 語」（中学校学習指導要領平成 3 年度版別表の必修語彙リスト）
*HS=「高校 1 年生レベルで習う単語：約 1000 語」（平成 12 年度版の 48 社分の「英語 I 」教科書に基づく語彙リスト）

＜分析表 2 ＞第 1 巻から第 8 巻までの会話文及び地の文での基本語比率

		all (token)			nrt (token)			cnv (token)		
		all	nrt	cnv	JHS	HS	Sum	JHS	HS	Sum
Vol.8	frq	44875	–	–	–	–	–	–	–	–
	%		–	–	–	–	–	–	–	–
Vol.1	frq	77089	51631	25458	34282	6811	41093	19007	3016	22023
	%		67.0	33.0	66.4	13.2	79.6	74.7	11.8	86.5
Vol.2	frq	85116	55278	29838	33973	7398	41371	21800	3673	25473
	%		64.9	35.1	61.5	13.4	74.8	73.1	12.3	85.4
Vol.3	frq	107198	69375	37823	42659	9478	52137	27729	4343	32072
	%		64.7	35.3	61.5	13.7	75.2	73.3	11.5	84.8
Vol.4	frq	190720	129040	61680	81588	17065	98653	44613	7414	52027
	%		67.7	32.3	63.2	13.2	76.5	72.3	12.0	84.3
Vol.5	frq	256866	167025	89841	104079	22184	126263	66347	10444	76791
	%		65.0	35.0	62.3	13.3	75.6	73.8	11.6	85.5
Vol.6	frq	169907	98559	71348	60585	13174	73759	51764	8562	60326
	%		58.0	42.0	61.5	13.4	74.8	72.6	12.0	84.6
Vol.7	frq	199625	127691	71934	79673	16955	96628	51552	7553	59105
	%		64.0	36.0	62.4	13.3	75.7	71.7	10.5	82.2
Vol.1-7	frq	1086521	698599	387922	436839	93065	529904	282812	45005	327817
	%		64.3	35.7	62.5	13.3	75.9	72.9	11.6	84.5

*frq= 頻度（出現回数）、token= 総語数、all= 全体、nrt= 地の文（narrative）、cnv= 会話文（conversation）
*JHS=「中学レベルで習う単語：約 500 語」（中学校学習指導要領平成 3 年度版別表の必修語彙リスト）
*HS=「高校 1 年生レベルで習う単語：約 1000 語」（平成 12 年度版の 48 社分の「英語 I 」教科書に基づく語彙リスト）

＜分析表 3 ＞第 8 巻のヨーロッパ言語共通参照枠（CEFR）語彙比率

		token				
		ALL	Act 1	Act 2	Act 3	Act 4
ALL	frq	44875	12607	11131	11181	9956
	%		28.1	88.3	100.4	89.0
JHS	frq	30470	8442	7531	7500	6997
	%	67.9	67.0	67.7	67.1	70.3
HS	frq	4755	1316	1249	1185	1005
	%	10.6	10.4	11.2	10.6	10.1
J/HS	frq	35225	9758	8780	8685	8002
	%	78.5	77.4	78.9	77.7	80.4
CEFR A1	frq	24624	6776	6150	6047	5651
	%	54.9	53.7	55.3	54.1	56.8
CEFR A2	frq	6118	1740	1492	1568	1318
	%	13.6	13.8	13.4	14.0	13.2
CEFR B1	frq	3978	1175	999	935	869
	%	8.9	9.3	9.0	8.4	8.7
CEFR B2	frq	3228	946	753	789	740
	%	7.2	7.5	6.8	7.1	7.4
A1-B2	frq	37948	10637	9394	9339	8578
	%	84.6	84.4	84.4	83.5	86.2

*frq= 頻度（出現回数）、token= 総語数
*CEFR=『CEFR-J Wordlist Version 1.0』（東京外国語大学投野由紀夫研究室）
*CEFR A1:Breakthrogh、A2: Waystage、B1: Threshold、B2: Vantage

＜分析表 4 ＞第 8 巻の「ロングマン英英辞典」話し言葉・書き言葉定義語比率

		token				
		ALL	Act 1	Act 2	Act 3	Act 4
ALL	frq	44875	12607	11131	11181	9956
	%		28.1	88.3	100.4	89.0
Longman S1	frq	30960	8554	7631	7617	7158
	%	69.0	67.9	68.6	68.1	71.9
Longman S2	frq	3395	962	906	844	683
	%	7.6	7.6	8.1	7.5	6.9
Longman S3	frq	1572	484	395	403	290
	%	3.5	3.8	3.5	3.6	2.9
Longman S1-3	frq	35927	10000	8932	8864	8131
	%	80.1	79.3	80.2	79.3	81.7
Longman W1	frq	30000	8277	7411	7440	6872
	%	66.9	65.7	66.6	66.5	69.0
Longman W2	frq	2785	884	678	647	576
	%	6.2	7.0	6.1	5.8	5.8
Longman W3	frq	3042	827	801	737	677
	%	6.8	6.6	7.2	6.6	6.8
Longman W1-3	frq	35827	9988	8890	8824	8125
	%	79.8	79.2	79.9	78.9	81.6

*frq= 頻度（出現回数）、token= 総語数
*Longman=『ロングマン現代英英辞典』（LDCE）定義語 3000 語
*S1-S3= 話し言葉上位頻出語 300 語、W1-W3= 書き言葉上位頻出語 300 語

＜分析表 5 ＞第 8 巻の中高基本語彙以外の CEFR レベル別頻出語

A1		A2		B1		B2	
word	frq	word	frq	word	frq	word	word
mum	37	task	30	wizard	36	hollow	26
beside	10	blanket	23	bite	31	trolley	23
shelf	7	reveal	16	slightly	28	nod	22
bathroom	7	apart	15	whatever	24	spare	18
frog	6	curse	15	haven	22	risk	17
cousin	6	fault	14	scare	21	scar	15
luck	5	bookcase	12	tournament	21	owl	14
quarter	5	brilliant	11	emerge	19	hug	14
cake	5	steal	11	battle	19	grin	14
snake	5	stair	10	entirely	18	concern	14
skirt	3	forbid	10	exit	14	minister	14
guy	3	portrait	9	block	14	mess	14
girlfriend	3	choice	9	pause	13	smash	13
ghost	3	confuse	8	charm	12	unsure	11
		powerful	7	sink	12	explode	11
		indicate	7	bang	11	approach	10
		prevent	6	magical	11	humiliate	9
		friendship	6	gentleman	11	bind	9
		blow	6	desperate	11	bolt	8
		truly	6	stupid	11	distract	7
		roof	6	darkness	10	blast	7
						stuff	7
						constant	7
						delight	7
						snap	7
						desperately	7
						spot	7

INDEX

ここにある語句リストは、各場の登場人物、語彙リスト、そのあとのInfoで説明を加えた語句を中心に、アルファベット順に並べています。興味のある語句を調べるのに使うのもよし、辞書がわりに使うもよし、さまざまに工夫してお使いください。

A

avoiding 110
awkward 46
awkwardly dislocate 53
Azkaban 150

B

back as herself 73
bad boys 97
band 170
Bane 86
bank 134
Banned 72
banners 119
bar ROSE and YANN 33
barely resisting using it 164
barrelling up 24
barrier 20
basement 173
bathed 145
Bathilda Bagshot 162
batters on 148
Battle of Hogwarts 58,86
Battle of the Department of Mysteries 34
be the making of you 25
bearing down on him 78
beasts 40,154
Beater 37
BEAUBATONS 89
Beauxbatons Academy of Magic 54
bed curtain 144
bedhead 142
been out 94
been run 53
befallen 88
beg 43,165
behave 63
behaved like a prat 109
Bellatrix Lestrange 175
beloved 127
benefit 86
bet 97
Better out than in 70
between platforms nine and ten 20
bewildered 86,99
bewitched 171
beyond the reach 163
Big Ministry raid 53
binding 145
bit of a gut growing 67
Blah blah blah 47
blankly 90
blast 103
blazing 129
bless her 139
blessed 150
blessing 94
blighted 164
Blimey 173
blind 133
blinded 94
blindfold 103
block 110
Block her 70
Blood Ball 124
blood-curdling 134
Bloody hell 97,173
blow 25
blow my own trumpet 173
blows up 114
blushing 130
bold 181
bolt 114
Bombarda 145
bonding thing 179
BOOK 73
BOOM 49
Boomslang skin 58
bored 176
boring 40
borne 130
bossed around 175
bounces 103
bound 103
bound to 40
bow 47
bows his head 178
boy who had everything 171
Boy Who Lived 44,89,167
Brachiabindo 103
bravely 86
bravery 165
Bread Head 142
break 142
break apart 103
breaks every bylaw 114
Breathing deeply 52
breathless 127
bribe 125
Brilliant 29
brilliant preparation work 66
bring you up 125
brink 138
broke 53
brooms 33
broomstick 33
brought her out into the light 181
brought that on 125
brought up 58
brutal 145
Bubble-Head Charm 114
bulbous 88
bullied 47
bunches of flowers 139
burps 66
bursts into flames 35
bustling 162
by the minute 28

C

Calming 52
campaign room 129
can't get over it 148
cancelled 54
Candidly 94
capable 110
Care of Magical Creatures 145
cascading 82
cases 34
cast a spell 35
casting aspersions 138
casual 106
caught out by the clock 115
caught you 97
Cauldron Cake 28
cause 133
caution 52
cautious 138
Cedric Delicious Diggory 89
Cedric Diggory 43

celebrity 59
centaur 86
centuries 164
certain similarities 175
certainly 46
Chamber of Secrets 171
changed identity 151
changing the subject 40
chaos 39
chaotic 39
charade 100
charges 59
Charlie Weasley 89
chase 25
Chaser 34
checked 99
checked in with 156
cheer 89
cheering 32
chilled 173
chimney 82,156
Chinese Fireball 92
chip on his shoulder 109
Chocolate Frogs 28
chop chop 139
chummy chummy 169
chunk 94
circle 33
clasps 173
cloak 66
clogged up 151
close proximity 88
closes upon them 154
cohort 158
coiled 122
collective faces 156
collides with 47
Colloportus 127
combed 112
combination 110
combined 40
come down on 99
come no further 154
come to a sticky end 145
Common Welsh Green 92
companion 165
comparatively 110
compared 110
compartment 28
compelled 154
competition 54
complaining 126
complete faith 25
complicated 159
composes herself 136
compound 125
concealed 52
concealing 68
concentrate 28
concept 173
concern 70
concerned 34,58
concerns 145
confidence 68
confirmation 62
Confringo 145
Confund 25
confused 33,94,118
confusing 181
Conjure 35,58
conjured into life 61
conserve 164
Consider 164
consider it my speciality 63
Consider us warned 66
constant 73,142
constant curse 69
constant progression 32
constantly 130
consulting 115
consume 73
consumed 112
consumed by anger 103
consumes 89
contemplative 142
contorts 78
contradict 154
contrite-looking 136
Conveniently 97
conversation starter 72
conviction 130
cope with 52
Cornelius Fudge 63
Correction 179
corridor 40
corridors 106
Cos 178
cost 109
Couldn't make us a cup o' tea, could yeh 49
counted 163
counter-charm 171
counter-ingredient 35
coup 119
covenant 144
cowering 49
cracked the spell 84
cracking one 148
Craig Bowker Jr. 32
cram 158
crawls 154,176
crazily fortunate 88
creature 73
credence 164
creeps into movement 154
crescendo 90
cretins 68
crib 178
Croaker 164
cronies 56
Cross my heart and hope to die 114
crowd go wild 89
crowds 34
Crucio 151
cruise 118
crumpled 178
crushed 62
crushes 154
cry 163
Cubs 139
Cupboard Under the Stairs 79
cured 97
current standings 154
currently 110
cursed 49,72
curtsey 47
Cushioning Charm 56
cut to black 73
cut to it 124

D

dabs 39

Daily Prophet 59
dangerous 68
dare 68
Dark Lord 29
Dark Mark 59
dating 109
dead in the eye 103
deadly 43,119
deadly serious 62
deal with 158
Death Eaters 29
decent 78
decisively 53,84
declaiming 118
deemed 86
deepest affinity 100
defame 59
defeated 127
Defence Against the Dark Arts 100
defied 125
definitive 34
deflates 62
defy 154
deliberately 100
delighted 33
delivering 46
delivery record 68
Delphini 43
Dementors 73,119
denied they even existed 54
Densaugeo 103
denying 150
depart 44
deposited 139
Depulso 133
descend 133
Descending 118
describing 125
deserve 62
despair 118
desperate 29,88
desperately 56
desperation 33
despotic 145
destination 56
destined 164
destroyed 34
destruction 176
detention 136
determined 53,106,125
determined-looking 44
develops into 70
devoted 175
diary 171
didn't get on 29
difficult 94
digest 94
digests 110
Diggors 90
dignified 113
dilettante 122
dilly-dally 118
disappeared 170
disappointing 33,73
disappointing bunch 100
disarmed 90
disaster 133
disbelievingly 90
discombobulated 33,94
discomfort 151
disconcerted 148
disconsolate 132
discuss 171
disease 73,154
DISGRACE 78,125
disgusting 78
dishy 115
dislocate 179
dismayed 167,175
dismisses 122
dispatches 122
disperse 59
dissects 154
distastefully 163
distinct 167
distract 72,84
distracted 49
distressed 58
distrustful 129
disturbed 139
dithering 33
divination 73
divined 86
Do your worst 151
dodge 70
doe 133
does it not 43
does the job 164
doing love incantations 114
Dolores Umbridge 118
Dominating Dementors 73
don't you dare 35
done 130
dorm 144
double act 84
Double wow! 66
Draco Malfoy 28
dragging 154
DRAGONS 89
draw lots 173
dredge 138
Drier than dry 104
drop of poison 163
dropped in on 94
drops his volume 109
drowning me 134
drunk 148
dry humour 134
dryly 39
ducks 103,106
Duddy 139
Dudley Dursely 46
Dumbledore 32
Dumbledore terrorists 119
dumping 115
dungeons 124
Durmstrang 89
Durmstrang Institute 54
Durmstrang robes 81
Dursleys 46
dwell on it 70

E

echo 73
effortlessly 175
effusively 73
elderly 43
eludes 73
Emancipare 103
emblazoned 125
emerges 34,73
emotion 62
emphasis 40

enabled 154
enchanted into chaos 61
encourage 95
encouraged 58
end of the Malfoy line 29
endanger 86
endangering 106
ends up 70
endured 164
enemies 86
engage 94
Engorgement 114
engorgimpressed 114
Engorgio 114
enormous 99
enormous geek 53
ensured 151
enthusiastic 89
entire operation 106
entirely 53,90
entirely panicked 118
entirely underground 40
Entitled 142
entwined 73
envied 108
equal 175
erupts 34
escapade 181
Ethel 39
ethereal 178
Euphemia Rowle 145
eureka 165
eventual 179
ever plucky 118
ever up 54
every inch a hero 133
everything falling
into place 53
examiner 25
exasperated 110
exasperation 176
exceptionally 164
exchanging owls 35
exhaustion 81
exist to serve 127
expanded 169
expands 33
Expecto 133
Expecto Patronum 133
expel 136
Expelliarmus 84,90
explodes 35
Exploding Snap 171
exposed 133
express 144
expression 112
Expulso 145
extending 90
extraordinarily 139
Extraordinary General
Meeting 58
extremely 44
exultant 127
eyesight 167

F

fabulous 89
face breaks 145
face drops 64
face each other 84
face falls 29
face hardens 44
Face it 59
face sinks 145
facial growths 112
faculty 122
fade into the background 84
faded 129
failed to heed 136
fair 73
fairy wings 46
faked being 156
Fallen Fifty 167
familiar-looking glasses 66
fancied 159
fancied being 163
fancy 40
fancying you 142
fantasist 179
fantastic 133
far apart 108
far be it from me to doubt 99
farmers' market 169
farting gnomes 46
fascinating 73
fascination 122
fascistic manner 125
fate 32
father's hands 62
fatherhood 40
father-son issues 29
feared 119
feather dusters 151
feed the gossip 34
feigning 97
fell out 106
fer crying out loud! 50
fervour 86
fiction 44
fierce 29,44,136
figured out 106
filing 68
final hurdle 154
finer arts 112
Firewhiskies 148
firm 158,167
First Task of the Triwizard
Tournament 90
first through the
fireplace 113
Fish doesn't agree
with me 66
fish finger 71
fishes 114
fishy residue 66
fit in 94
fit person 163
fix 138
fix it 109
fix you with a spell 95
Fizzing Whizzbees 28
flash 90
flashing blues 178
flattered 84
flaw 154
Fleur Delacour 89
flexes 94
flick 130
flight 175
flinches 49,158
Flipendo 103
Floo 82
flooded 58

floods 71
fluorescent 156
Flurry 106
flushing out 122
flutter 46
fluttery 46
Flying down 125
flying lesson 33
focus 171
focused 130
fog 133
foliage 115
followed 58
fool's errand 164
for a bit 28
for his own ends 99
For investigation 43
For my sins 100
forbid you 50
Forbidden Forest 82
force 99
forces 119
foretold 145
forlorn 44
form 63,171
formed the impression 94
fought 86
fought alongside
  Voldemort 40
foundation 179
fragments 32
frail 164
frame's 94
frantically 176
Fred 167
Fred Weasley 24
free 28
fresh head 40
Friend to find 35
frigging 73
frightened 159
from off 46
frown at 72
frowns 34
fulfilled 151
Fulgari 145
full of confusion 173
full of drama 66
full of excitement 179
fulsome 110
fuming 136
funeral 35
funny 181
furious 68
fury 154

G

gagged 176
gait 89
gap 88
gasps 52
gathered 173
generations 164
genius 114
genuine 39
George Weasley 24
gestures 102
get the Aurors
  summoned 148
get this straight 62
get under my skin 47
get up to mayhem 88
get up to no good 95
get well soon 97
getting 165
getting a golden egg from
  a dragon 84
getting in to 118
getting it 84
giant whoosh 88
giants 40
gibberish 98
giggles 24
giggling 181
Gillyweed 115
Gin 25,173
Ginny Potter 20
girls' bathroom on the first
  floor 115
give it a go 35
give it a rest 20
give me the creeps 181
give you 82
give you the tour 163
glare 33
glares 82
gleams 164
glimpse 175
glorious 24,88
glory 130
glowed 122
glows gold 118
go nuts 35
Go to your room 66
goblins 148
Gobstones 106
Godless Hollow 139
Godric's Hollow 139
goes back further 39
going back 84
going into 181
going through
  paperwork 163
golden-whitish 133
gonna 178
good guesser 130
gooey 53
gorgeous 148
gossip 94
gossiping 164
gossipmongers 59
Got summat her yer here 50
got the pick of anyone 28
Got to go 35
grab 73
graceful ease 118
grand 133
grandfather 125
grandly 142
graphorns 40
grasp 73
grate 176
grateful 47
gratefully 170
gratitude 47
gravely 62
gravest 58
gravestone 139
graveyard 139
graze 39
grease smears 78
Great Hall 32
great wizarding wars 40
Gregory Goyle 108

named after 25
nature 139
naughty 115
negligence 158
negligible 158
negotiating 138
never ... one for 64
never-world 32
Neville Longbottom 24
nightmare 52
no escaping 164
no need 70
No offence 130
no turning back now 133
No, way, José 66
nod 70
nods 40
nonchalantly 56
not entirely following 171
not even a lighthouse 49
not even an inch of the man he was 97
not how it's supposed to be 33
nothing of the kind 25
notorious 179
Nox 52
nudge 40
numb to the world 35

O

O.W.Ls 25
o'course 50
oak-panelled 156
obey 95,151
obnoxious 139
Obscuro 103
observation 170
obsessed 63
obsession 122
obstacle 154
obvious 54
obviously 70
occasionally 165
occupy your thoughts 133
odder and odder 122
Of thoughts I take inventories 32
off his dad's glare 20
off ROSE's look 29
off sugar 40
off the scale 71
office of DOLORES UMBRIDGE 122
Oh bother 134
Oi 25
Oi droopy drawers 63
old chap 97
old sod 61
ominously 62,142
on behalf of 47
on her own 113
On the contrary 28
on the whole 29
on top of your paperwork 39
on your behalf 163
once and for all 63
once-great 44
one shot 175
One that sits low, twists a bit and has damage within it 33
only just home 43
ooof 63
Oops-a-daisy 49
operating without wires 181
opinion 94
opportunity 59
oppose 125
Order 58
orphan 47
otherwise empty 28
Ottaline Gambol 56
out of our reach 158
out of sight of Scorpius 29
outraged 59
outstretched 150
OVER-ATTENTIVE WIZARD 33
over-enthusiastic 84
overcome 163
overflowing 47
overhear 62
overjoyed 134
overlook 145
overpowering 66
overpowers 145
over-stepped 136
overthrew 119
overwhelming 81

P

pace 68
packing 46
packs his bag 40
Padma 97
Padma Pati 97
Paint 163
pair of you 62
palace 179
pale 85
palpable 81,154
Panju 97
parent of the year 40
parentage 34
Parked all right then 25
Parseltongue 78
part 102
partial 34
particularly 52
passive 163
pathetically grateful 29
patient 44
patiently 43
Patronus Charm 100
peak 130
Pearl Dust 165
pecky 181
Peeves 58
Pensieve 165
pensive 122
Pepper Imps 29
Perfection 163
perils 154
permanent 95
permanently 159
permission 86
permission form 35
perpetual 118
persuade 35
persuaded 82
Petrified 141
pew 171

physically 181
pick out 132
piles of paper 39
pinches 56
pinned to 129
pins 109
piped 115
pipes 114
pitiful 176
pity 179
planted the acorn 179
Platform nine and three-quarters 25
play the senility card 150
playing 89
playing the gooseberry 148
pleasant 94
pleasurable 165
pleasure 56
plentiful 154
plenty 68
pliant 145
plunge 127
plunges 73
polite 136
Polly Chapman 32
Polyjuice 66
Polyjuicing 173
ponder at length 70
pop into 94
pops 29
popular as a weekend break 169
porridge 25,148
Portkey 54
portraits turn the other way 34
posh 84
possessions 46
potential 122
potion 34
potioning 165
Potions class 34
Potter Family 21
pouring 24
powerless 73
poxy 139
practising 179
pram 165
'preciate 178
precious seconds 154
precise 56
precisely placed 34
precision 130,173
pre-Hogwarts gift 46
prejudiced 59
prepared to accompany them 62
presumably 130
pretend to be a student 84
pretty 165
pretty one 114
pride 151
prides herself on 68
Privet Drive 47,163
proclamation 158
produce 72
Professor Croaker's law 109
Professor Longbottom 82
Professor McGonagall 36
proffers 33
profound 33,95
profoundest consequences 150
profoundly 68
progeny 24
projection 100
prompting 62
proof 175
propelled 133,145
prophesied 151
prophesy 151
prototype 164
proud 134
proved 163
psychopath 109
puckish sense of fun 71
puff 47
pulls on 25
pulls open another 144
pulls silence from the crowd using her wand 58
Pumpkin Pasty 28
punches 179
puppet 151
Pure-blooded 122
purer 122
purpose 99
pursues 97
pursuing 68
pushchair 162
put 173
put it down to 58
put my foot in it 44
put out 82
putting it mildly 29
putting on your Harry Potter front 52

Q

questionable 159
Quidditch 25
quit 110
quite pleasant 66
quite some 84
quite something 72
quote 130

R

racked with pain 66
radiate 178
raged 163
raid 53
raise 58
raised 62
ran a book 25
rapscallion 139
rare 165
rate 28
rather than 132
rattle and chatter 58
rattle 20
rattling 113
Ravenclaw 22
reach each other 181
reach him 108
reacts 165
readies 90
reaffirming 34
rebel 40,56,129
rebirth 151
rebounded 159
reckless 136
recognise me 86

recommend 68
recuperation 94
re-emerges 73
refusing 124
refute 63
registers 134
registers with Scorpius 106
regret it 175
relatively 165
relatives 139
release a statement 34
release their wands 103
relenting 70
relentlessly 34
relieved of the burden 61
reliving 78
reluctant 62
reluctantly 133
Relying 62
remainder 56
remarkably 110
repeatedly 130
repel 103
repelled people 139
replayed 132
represent 99
resentments 163
reset herself 78
reset his arm 94
resistant 151
resolve 136
resonates 25
response 136
responsible 43
rest in peace 118
restore 122
Restricted Register 58
Restricted Section 72
rests on 130
resurface 164
resurgence 95
resurrect 151
resurrected 136
retake your seats 56
Retrieving 89
reveal to 99
revealed 43,88
reverberates 158
Rictusempra 103
rid of 181
riddle 73
ridiculous 59
rifle 49
right 173
right it 54
riot of noise 89
ripples 109
rise to your bait 47
rises up 125
Rita Skeeter 109
Rita Skeeter's book 109
roar 46,68
robes 24
Rodolphus Lestrange 175
rolls 175
Ron Granger-Weasley 24
ROSE exits 25
Rose Granger-Weasley 24
Rose is a Rose 179
Rose Window 173
rot 176
round 88
route 173
royal visit 129
rubbish 29,63
Rubeus Hagrid 49
rueful grin 44
ruined 109,167
ruining 119
ruins 178
rule it out 59
ruler 151
rumble 82
rumour 29
rumours 63

S

sacré bleu 154
sacrifice 139,171
sail 33
salamander blood 35
sallow 35
Saved by the door 103
saviour 109
saw the point 165
say her piece 53
scans 73
scared 133
scariest place imaginable 142
Scarrawhat 49
scary 28,56
scatter 175
school timetables 103
Scorpion King 124
Scorpius Hyperion Malfoy 28
Scorpius the Dreadless 142
scramble 154
scraps 130
screaming 73
screech of brakes 78
screws up 35
scrubbing 78
scruffy 129
scrunches 181
scuff marks 78
scurries in 106
sealed 175
second task 114
secret 84
seduce 179
see this scarramanger off 49
see thought it 173
seeing red 47
Seeker 37
seemingly 118
seized 43
sell my soul 164
send an owl 35
sensitivity 94
sent to the floor 177
set of quills 97
sets off 154
setting the world to rights 148
settles 133
seventh month dies 159
SEVERUS SNAPE 127
Sh! 53
Shadows and Spirits 72
sham 59
shame 114
shards 32

sharp suits 24
shelter 133
Shield Charms 130
shift things around 43
shin 142
shining 163
shirkers 33
Shock-o-Choc 28
shone 108
shoots 64
shoulder to cry on 106
show up 148
showed up 164
showing off 112
shrinks down 175
shrouded 164
shrouded in 175
shrunk considerably 130
shrunken scream 177
side parting 90
side parting now
super-aggres sive 97
sighs 100
signals 104
significant 84
significantly 179
Silencio 176
sincerity 113
sings 29
sinister-looking 145
Sirius Black 63
skewer 148
skewwhiff 106
Skinny 63
skip 164
skirt 110
skirts 90
Skiving Snackboxes 63
Slamming back 127
Sleeping Draught 52
slightest 78
slightest conflict 58
slightly depressed 61
slipped it into 70
slopes off 102
sloppy 103,125
slumps 72,102
Slytherin 20
smack 59
small talk 163
smallest inch 112
smash of noise 88
smell of power 125
smoke ring thing 181
smoky-eyed 179
snack 56
snake hissing 78
snake symbols 119
snapped 54
snaps 145
snatches 109
snuffling 178
sob 178
Sober 148
soft 94
soft spot 114
sole heir 68
solidarity 158
Solve 73
some trace 59
some wizard 181
something clicked 84
something passes between
them 29
somewhere in between 24
Sonnets on a Sorcerer 72
Sonorus 89
sore on your family
name 151
Sorry 43
sort of my house 44
sort that out 110
Sorting Hat 25
spare the spare 151
spared you 163
sparkly 110
Spartacus moment 158
spartan 156
Specialis Revelio 156
specific love 171
specifically 114
spectacular 110
spectacularly staid 97
speed it up 171
spiked 129
spikes 56
spill some ... guts 124
spills 47
spilt 165
spinning 73
spiral 154
spite 97
splendid mass 88
splintering 73
spoiler 165
spooling 88
spot 130
spots 72
spotted 94
spotting 28
spring apart 148
spring into their houses 32
sprints 134
sprout 175
sprung 53
square up 103
squashed 50
Squeak 162
Squib 33
squinting 66
Ssshhh 109
St Oswald's Home for Old
Witches and Wizards 44
stair-listener 44
stand a little away 33
staring 25
startle 44
startled 86
state 141
Station Master 159
statue 162
steer well clear 34
stench 139
stick around 84
stick my head in the sand 63
Stick out 33
Still against the constant
motion outside 46
stink pellet 70
stole 110
stone-cold Ministry man 44
stores 58
storm of movement 88
strangle 148

strategy 59
stressful 141
strides 178
strip those sheets 78
struggle 70
struggling 94
stuck in the past 44
studies 113
stumbles on 97
Stupefy 145
stupid 86
subjects 127
succeeding 78
succumbing all the same 139
suck the spirit 119
suffer 163
suffering 34
suit 112
summoned 90
sunk 73
superior 53
support mechanism 99
supporting 127
supreme 175
supremely 97
surly 35
survived 34
suspected 133
suspended 103
suspicions 109
sustain 136
swallow 66
swallowed 119
sways 167
Swedish Short-Snout 90
sweeps 102
Sweets 29
swinging his hips 70
swoon 90
swoops 64
Sybill Trelawney 72
sympathise 43

T

Tada 25
tailing 53
take it 66
Take it back 66
take the word 108
Taken a Confundus Charm 97
taken down 130
takes in 170
takes it 124
takes the hit 169
tamer 84
tango 61
taps 113
Tarantallegra 103
task one 84
tattered 126
tattoo 145
teaching profession 99
tease 34
technically 106
telephone box 41
tell me off 40
Temporary aberration 122
Ten points from Gryffindor 100
tense 32
terrible 35
terrible bore 129
terrifying 73
thank Dumbledore 33
that makes sense 33
that stuff 40
thatched roofs 169
the boy 49
the bravest man I ever knew 25
the equivalent 114
The four exit 25
The Heir of Slytherin 73
The Imperius Curse and How to Abuse It 73
The Nightshade Guide to Necromancy 72
The one with the power 159
The trolls could be going to a party 63
The True History of the Opal Fire 72
Them 178
then some 72
Theodore Nott 39
Thestrals 25
they're off 118
thicker 86
thief 44
THIIIIINK 73
third task 151
thirtieth of October, 1981 159
This gets a reaction 59
this planet 73
thoroughly 33,68
thought occurs to Ginny 171
thrice 159
through thick and thin 32
throw around threats 68
thus disguised 66
ticking 90
tickle their nose hairs 130
ticks all of those boxes 170
ties it in a knot 49
time away from 179
Time is of the essence 170
Time-Turner 29
Tincture of Demiguise 165
tingle 88
tiniest 44
tiny 88
tiresome 144
titanic 176
titters 100
To the depths of your belly, to the tips of your fingers 110
toffee 40
took it upon yourself 136
took me in 145
Top of the range 97
torn between 98
torture 125
torturer 125
tossing 66
touched 142
tracks 68
tragedy 88,118
tragic case 106
trails after 144
Train to catch 35
Train wirks oan th' line.

It's a' oan th' amended time buird 159
traitorous 133
tranquil 134
transfiguration 173
Transfigure 35,56
transform 56
transformed 66
transported 54
trauma 165
traumatise 165
traumatised 47
treads water 118
treat 118,167
trespass 86
trials 181
tricky 40,163
tries 70
trinket thingy 115
trips 44
triumphant 118
Triwizard Tournament 53
Trolley Witch 28
Trolls 41
trophy 154
trots 170
troubled 94
troublemaker 118
true heritage 95
truly 40
trunk 110
trust 85
Trust me 62
tumbles 176
tumbles out 82
turns into 66
Turns out 39
turns up 173
turny ones 148
twenty-something 44
twinge 59
twirling 103
twist the constellations 99
two different ways 126
two strange Dumstrang boys 109

U

uber geek 66
unacceptable 78
unapologetic 125
uncomfortable 29
uncomplainingly 163
uncooperative 35
under my watch 136
under the stairs 81
undercover 127
undergone 178
undersized 62
undoubtedly 46,68
unearthed 40
unforeseen 73
unkind 34
unleashes 175
unlikely 165
unmistakable 50
unmistakeable 119
unpopular 63
unscrews 156
unsure 29,33
unsure of what he has become 99
unwavering gaze 169
unwelcome ponytails added to the mix 169
unwell 106
unwieldy 154
unwilling 178
up his sleevies 90
Upper Flagley 44
upper hand 109
upset 84
upsetting 52
upsetting things 159
urgency 43
urgent 43
use her name in vain 125
utter 179
Utterly 155
utterly horrible 66

V

valid 173
Valour 122
vanilla 164
vanquish 159
vegetation 154
Veritaserum 70
Vernon and Petunia Dursley 46
very strong Scots 159
viaduct 56
vibrate 88,113
vicious 145
viciously 151,175
Victorian sink 114
Viktor Krazy Krum 91
Viktor Krum 89
Vincent Crabbe 108
violence 125
violently 73
visible 162
vitriol 99
Voldemort 28
Voldemort Day 119
Voldemort's child 35
volunteering 62
vomit 66
vomit-inducing 179

W

wand 35
want a hand 47
want no part of it 113
wanted woman 130
wardrobe choices 90
warily 103
warrior 129
Wasn't aware 151
water 56
We're still on 124
weakness 151
weaky at the kneesy 89
weaponized 73
wear it better 103
Weasley Family 26
Weasley's Wizard Wheezes 24
web 175
weeping 114
weight 94
weight of the world upon his shoulders 40
weird 53

well founded 127
werewolves 40
wet the bed 78
What can I say? 40
what ifs 173
What on earth 113
what to prescribe 94
What's in it for you 62
wheelchair 43
wheels around 154
Where's me manners? 50
whereupon 136
Which is 24
whilst 167
whir 145
whisper 118
whispering 50
whistles 56
who we're related to 44
Whoah 33,73
widely 118
wield 175
wild 61
wilder still 118
will not be Cornelius Fudge on this one 63
winces 64,167
Wingardium Leviosa 176
winged tattoos 40
wiser heads prevailed 39
with a bang 78
with a shock 142
With fierceness 53
with finality 99
withdraws 173
withering 64
witheringly 169
within our midst 154
without hesitation 173
without leave 62
witness 177
wits 159
wizardry 39
wizardwide disappointment 151
Wizzo 84
woodland 85
Wool Women 61
work coming out of your ears 46
work out 24,35
worthy 175
wound 39
wounding 94
wrestle 109
writhing 156

Y

Ya-huh 53
yanked 133
Yann Frederick 32
yay 56
Ye ken th' Auld Reekie train is running late, boys? 159
yeh 178
Yeh look a lot like yer dad, but yeh've got yer mum's eyes 49
You're a positively disarming young man 84
you've got a nose 29
your fault 49
your husband 63
your matter 136
Your shrine is preserved 167
Yule Ball 109
yup 148

Z

zap her 173
Zimmer frames 61
zut alors 89

著者紹介

クリストファー・ベルトン　Christopher Belton

1955 年、ロンドン生まれ。78 年に来日して以来、途中帰国した 4 年間を除き日本在住。91 年以降、フリーランスのライター・翻訳家として活躍。97 年、小説家としてデビュー作 *Crime Sans Frontiéres* をイギリスで出版し、その年に出版された最も優れた長編小説に与えられるブッカー賞にノミネートされる。その後、日本を舞台にした *Isolation*（03 年）、*Nowhere to Run*（04 年）をアメリカで出版。翻訳家としてもフィクションおよびノンフィクションの幅広い分野で多数の翻訳を手掛ける。現在は日本人の妻と横浜に在住。

主な著書に、『日本人のための教養ある英会話』『知識と教養の英会話』（以上、DHC）、『英語は多読が一番！』（筑摩書房）、『健太、斧を取れ！』（幻冬舎）、『「ハリー・ポッター」が英語で楽しく読める本』シリーズ、『イギリス英語で聞く「ハリー・ポッターと不思議の国イギリス」』『ライティング・パートナー』『英単語 語源ネットワーク』『こんなとき英語ではこう言います』（以上、コスモピア）など多数。ホームページは http://www2.gol.com/users/cmb

---

「ハリー・ポッター」Vol.8 が英語で楽しく読める本

2016 年 11 月 10 日　第 1 版第 1 刷発行

著者　Christopher Belton
翻訳　渡辺順子

語彙データ分析・記事　長沼君主

装丁　B.C.
表紙イラスト　仁科幸子

発行人　坂本由子
発行所　コスモピア株式会社
〒 151-0053　東京都渋谷区代々木 4-36-4 MC ビル 2F
営業部　Tel:03-5302-8378
email:mas@cosmopier.com
編集部　Tel:03-5302-8379
email:editorial@cosmopier.com
http://www.cosmopier.com/（会社・出版案内）
http://www.cosmopier.net/（コスモピアクラブ）
http://www.kikuyomu.com/（多聴多読ステーション）
http://www.e-ehonclub.com/（英語の絵本クラブ）

製版・印刷・製本／シナノ印刷株式会社